MW00983250

Indiscreciones de un perro gringo

De esta edición:
© 2007 — Ediciones Santillana, Inc.
avda. Roosevelt 1506,
Guaynabo, Puerto Rico, 00968

- Aguilar, Altea, Taurus, Alfaguara, S.A. de C.V.
  Av. Universidad 767, Col. del Valle
  México, 03100, D.F.
- Distribuidora y Editora Aguilar, Altea, Taurus, Alfaguara, S.A.
  Calle 80 Núm. 10-23, Santafé de Bogotá, Colombia
- Santillana S.A.
  Torrelaguna 60-28043, Madrid, España
- Santillana S.A.
  Av. San Felipe 731, Lima, Perú
- Santillana Publishing Company Inc.
  2105 NW 86th Avenue, 33122, Miami, Fl., U.S.A.
- Ediciones Santillana S.A. (ROU)
  Constitución 1889, 11800, Montevideo, Uruguay
- Aguilar, Altea, Taurus, Alfaguara, S.A.
  Beazley 3860, 1437, Buenos Aires, Argentina
- Aguilar Chilena de Ediciones Ltda.
  Dr. Aníbal Ariztía 1444, Providencia, Santiago de Chile
- Santillana de Costa Rica, S.A.
  La Uruca, 100 mts. Oeste de Migración y Extranjería, San José, Costa Rica

Cuidado de la edición: Neeltje van Marissing Méndez

Cuidado de la corrección: Dra. Rosario Núñez de Ortega

Primera edición: mayo de 2007

ISBN: 1-57581-925-2

Diseño de cubierta: José Manuel Ramos Colón

Impreso en: Editorial Nomos S.A.

Indiscreciones de un perro gringo

Luis Rafael Sánchez

A Ana Lydia Vega

Lo que hay de admirable en lo fantástico es que ya no hay nada fantástico, sólo hay realidad.

André Breton

Índice

Prólogo
AVISOS URGENTES

La fantasía que patrocina la novela a continuación palidece frente al modo como la misma llega a mis manos. Todavía asocio cuanto sucedió en Manhattan aquel último sábado del último abril del siglo veinte con el delirio y la quimera.

Mas ni la fantasía, ni lo sucedido aquel sábado de frío agobiador y lluvia sin escampo, hipnotizan las entendederas como los hechos que se revelan en el epílogo. La cortesía debida al lector manda callar cualquier comentario adicional. En oposición, la cortesía sugiere radicar unos avisos urgentes que harán más eficaz la lectura.

1. El Primer Perro Buddy Clinton debió *intuir* los deslices sexuales habidos entre el cuadragésimo segundo presidente de los Estados Unidos de Norteamérica y la becaria Mónica Lewinsky, que tuvieron por escenario el Salón Oval de la Casa Blanca. El animal holgazaneaba allí a todas horas, con las cuatro patas extendidas, una oreja en reposo y la otra alerta, un ojo cerrado y el otro a medio abrir y las ventanas de la nariz ocupadas en percibir y clasificar las fragancias, los olores y los hedores. Para tranquilidad de la bella señorita Lewinsky y el Honorable William Jefferson Blythe Clinton, quien *intuía* los deslices sexuales no sabía hablar.

2. Buddy Clinton murió el miércoles tres de enero del año dos mil dos, bajo las ruedas de un automóvil. El accidente ocurrió en la carretera 117 de Chappaqua, pueblo del estado de Nueva York, a donde se mudó tras abandonar la Casa Blanca y cesar en el rango de Primer Perro. Tenía cinco años.

3. La prensa otorgó sus portadas a la noticia: la sociedad contemporánea se extasía ante las muertes precoces. El actor James Dean, el pintor Basquiat, la princesa Diana de Gales, el político en ciernes John Kennedy Junior, la cantante Selena, el Primer Perro Buddy Clinton, son objetos de culto porque fenecieron en la aurora de la promesa, sin conocer el achaque y la descomposición orgánica, la fealdad y el ajamiento.

4. En el caso del Primer Perro Buddy Clinton, las portadas apuntaban más allá de la juventud y la lozanía. Burla burlando, una sugería que hubo mano criminal en el accidente, pues el labrador *sabía* demasiado de las *relaciones peligrosas*. Otra ironizaba al lamentar la muerte de quien pudo ser el testigo estrella en un juicio a su amo por los cargos de libertino y pecador.

5. La novela *Indiscreciones de un perro gringo* patrocina una fantasía afín con dichas burla e ironía: Buddy Clinton fue emplazado a testificar, bajo apercibimiento de desacato, sobre los deslices sexuales o *relaciones peligrosas*. Testificó con facundia impensable en boca de perro. De paso, aprovechó la testificación para fustigar a quienes viven pendientes de las fiestas ajenas al sur

del ombligo, en desmedro de las propias en el mismo lugar.

6. La testificación, como se comprobará dentro de unas páginas, remolca un racimo de relatos y microrrelatos, de fabulillas y viñetas. Sin implicar preferencias, evoco los relatos sobre las *relaciones peligrosas* y los microrrelatos sobre unos ángeles en tratos ilícitos. Asimismo, las fabulillas que narran los disensos entre un gato y un perro y las viñetas a propósito de la promiscuidad sexual de éste: ¡un *playboy* con ocho tetillas y cuatro patas! La copiosidad del racimo configura, sin proponérselo, la novela arbitraria que el lector tiene en sus manos.

7. Volveremos a encontrarnos en el epílogo, calculo que dentro de unas ciento cincuenta páginas, más o menos. Entonces revelaré unos hechos que, a lo mejor, hipnotizan las entendederas del lector, como hipnotizaron las mías.

Ahora toca presentar al personaje más delirante y quimérico que he conocido. Si cabe, más lo uno y lo otro que Don Quijote de la Mancha, que la población completa de Macondo y que Pauline, la hermana favorita de Napoleón.

De los delirios y las quimeras a que se ofrendan Don Quijote de la Mancha y la población completa de Macondo mucho se sabe; poco de los delirios y las quimeras a que se ofrenda la hermana favorita de Napoleón. Llamada al nacer Marie Paulette Bonaparte, quien alcanzaría los títulos de Duquesa de Guastalla y Princesa de Borghese escribió una autobiografía plagada de obscenidades sublimes. Una página sí y la otra también, la corsa sensual alardea de *los negros de todos los colores* que tuvo a su alcance en Puerto Príncipe, cuando vivió allí en calidad de esposa del general Carlos Víctor Manuel Leclerc.

Conozco dicha autobiografía al dedillo. So pretexto de *inédita* y *explosiva* me la vendió un traficante en baratijas y cachivaches, por las aldeas junto al río Poningó, en la frontera de la República Dominicana y Haití. Sobando la paca de dólares, alegando que la situación lo forzaba a desprenderse de una joya histórica, el muy traficante rezongó: *Ladrón que roba a ladrón tiene cien años de perdón. Se la robé a un testaferro del Viejo Duvalier, quien se la robó al mismísimo sátrapa.* Para significar el desprecio al dictador, carraspeó y lanzó el gargajo sobre la tierra, dura como pedernal.

Pero, basta de rodeos.

Lectores, les dejo con el personaje principal de la novela *Indiscreciones de un perro gringo.*

Con permiso.

Primera parte
ELOGIO DE LA PERRUNIDAD

1

Ciudadanos Afectos a la Moral Sin Tacha que investigan si mi amo, el cuadragésimo segundo Presidente de los Estados Unidos de Norteamérica, cometió herejía genital al quedarse a solas con la bella señorita Mónica Lewinsky. Científicos, Poetas y Filósofos, a quienes pasma el experimento revolucionario del que soy eje ilustre. Mecanógrafo y Taquígrafo, Fotógrafo y Técnicos del Sonido, la Imagen y la Edición, a cargo de documentar el experimento revolucionario. Encargados del Mantenimiento y la Apariencia, sin cuyo auxilio yo sucumbiría.

Buenos días.

Les saluda el Primer Perro Buddy Clinton.

Gracias por la salva de aplausos.

Gracias por las miradas asombradas.

Yo también me miro y asombro.

Parezco un enjambre de alambres.

Los rojos van al sistema operativo; los blancos, al centro distribuidor de la inteligencia artificial y los azules, a los implantes computadoriles y la biblioteca virtual. Ojalá el Libro de Récords Guiness resalte que fui el primer animal en interceder por el honor de un presidente norteamericano. A dicho presidente, William Jefferson

Blythe Clinton, dedico esta testificación. Y también a la perra que me parió. Dice el refrán: *El perro vale por la madre y el caballo por el padre.*

Les suplico comedir los aplausos. Si aplauden cada muestra de mi inteligencia, la testificación no terminará nunca. Y quiero volver a Casa Blanca esta noche y celebrar el ascenso a humanoide, junto al resto de la Primera Familia.

¿Incluso junto al gato Socks?

Respondo al filósofo que me interroga.

El gato Socks no lleva el apellido presidencial. La distinción, comparable a los títulos de nobleza que conceden las monarquías europeas, se reserva a los primeros perros desde cuando Dulces Labios llegó a la Casa Blanca, en calidad de regalo del Marqués de Lafayette al primer presidente de la nación norteamericana, el Honorable George Washington. Recuerde el filósofo otros primeros perros cuyos apellidos son resúmenes de crónicas patrias: Lara Buchanan, Veto Garfield, Laddie Boy Harding, Mike Truman, King Tut Hoover, Liberty Ford, Rex Reagan.

Tampoco es cosa de llorar. Socks ocupa en la Casa Blanca el sitial de mascota estimada; sitial que, en millones de hogares, ocupa un pajarito, una tortuguita o un pececito. Desde luego, si Socks quiere sumarse a la celebración, obviando la animosidad milenaria de la raza félida contra la raza cánida, no seré yo quien se oponga.

Pero, vayamos a lo que importa.

Sincronicemos los relojes: sean las nueve de la mañana en el Rolex que luce mi pata izquierda delantera y los Rolex que lucen las veintiuna muñecas izquierdas de ustedes.

2

Las salvedades que siguen le darán una credibilidad incuestionable a la testificación que se lleva a cabo en este salón augusto, honrado con la bandera de las cincuenta estrellas y los bustos de los primeros quince presidentes de la Nación Esencial del Universo.

1. Conservo intactos los rasgos característicos de los míos: tamaño, forma y pelaje diverso, según las variantes raciales, pero siempre con la cola de menor longitud que las patas posteriores. Rechazo que se me considere un perro de celuloide, por el estilo de Pluto, o un perro de papel, por el estilo de Snoopy. Ambos son caricaturas que deshonran a los perros bonafide, como yo. Rechazo que se me considere un perro robot. Soy un perro de carne y hueso a quien se humanizó por razones concretas, un perro humanoide. Si dicha categoría no cuadra a los aquí presentes, transemos por la categoría de perro cibernético.

2. El móvil de la humanización fue extraer secretos a mis entrañas. Lo que no significa secretos de bombas con cabezas nucleares o secretos de una eventual guerra bacteriológica. Tampoco secretos de los gobiernos que nos conviene desestabilizar o invadir. Significa secretos de amoríos fugaces, que yo guardaba sin saberlo, pues permanecían en estado durmiente.

3. Si los sabios de la Universidad de Harvard no cuentan con mis sesos lujosos, el experimento revolucionario fracasa. Respondan los presentes si cualquier gusano segrega hilos de seda, si cualquier abeja es una abeja fecunda, si cualquier halcón peregrino vuela a trescientos kilómetros por hora.

4. Aun cuando su cerebro electrónico padezca de una avería irritante, que lo obliga a enumerar cuanto se dispone a decir, un perro que habla, razona y discrepa no tiene derecho a la modestia.

Abundo en las salvedades.

Si se trataba de descorrer el velo que recubre las aventurillas extramatrimoniales de los honorables presidentes, la humanización se hubiera efectuado años antes. El instrumental científico aparecía porque aparecía: el dinero sobra en la Nación Esencial del Universo. Y si las aventurillas extramatrimoniales de los honorables presidentes eran de conocimiento público, ¿cómo podían ignorarlas sus amigos incuestionables?: los Primeros Perros.

1. Fala Roosevelt tuvo que saber de las salacidades que ataban al trigésimo segundo presidente de los Estados Unidos de Norteamérica, el Honorable Franklin Delano Roosevelt y la culta damisela Lucy Mercer.

2. Spunky y Heidi Eisenhower sabrían si a la exquisita Primera Dama Mamie la encabronaban las andanzas de su marido y la radiante muñeca Kay Sumersby por El Cairo, por Teherán, por Argel.

3. Pushinka Kennedy podría confirmar o negar el runrún de que la estrella de cine Marilyn Monroe durmió en los brazos presidenciales cuando pernoctó en la Casa Blanca, de incógnito.

3

¿A dónde encamino la argumentación?

A recordar que los sabios de la Universidad de Harvard estuvieron dispuestos a humanizar un perro mucho antes que la bella señorita Lewinsky contagiara a mi amo de ardor frenético y deseo impaciente. Mas, les faltaba el perro paradigmático en el cual invertir sus desvelos.

Me parece oírlos cuchichear, a la sombra de los *Macdonald* y los *Kentucky Fried Chicken*, allá en Cambridge, alebrestrados por la fe y la esperanza en el Premio Nobel: *Por fin encontramos al perro paradigmático del que destella un algo indefinible y promisorio.*

La ausencia o la escasez de *un algo indefinible y promisorio* explicarían por qué tampoco humanizaron a Vicky Nixon, Pasha Nixon y King Timahoe Nixon. El trío hubo de conocer la turbidez del caso Watergate y el involucramiento en el mismo de su amo, el trigésimo-séptimo presidente de los Estados Unidos de Norteamérica, el Honorable Richard Milhous Nixon.

Resumo: mis méritos dan pie a la humanización, aunque la humanización se vincule al amorío fugaz en grado inevitable. Pero, la historia sabrá diferenciar el grano de la paja: imposible parigualar que una bella señorita evalúe un falo, al margen del pedigrí del falo, y el que un perro hable, razone y discrepe. Al césar lo que es del césar y a Buddy Clinton lo que es de Buddy Clinton.

Continúo.

Alabo la sangre fría y la cautela mostradas por los sabios y su tropilla de subalternos, que se *mudaron* a la Casa Blanca a humanizarme, pelo a pelo. El endocrinólogo disfrazado de mucamo. El neurofisiólogo disfrazado de conserje. El teórico del comportamiento disfrazado de jardinero. La cautela y la sangre fría impidieron el recelo de mi ayo, el mayordomo en jefe Daddie Dearest. A quien tampoco se le hicieron llamativas mis breves, pero significativas, desapariciones a lo largo de semanas, ni la invitación a participar en un seminario de perros super dotados que se celebraría hoy…

Un vaso de agua, por favor.

Encargado del Mantenimiento, gracias.

Encargado de la Apariencia, séqueme el bembo.

4

Sobre todo, alabo el cerebro electrónico.

Realiza operaciones de aprendizaje y memoria, de solución de problemas y de pensamiento, con la rapidez y la exactitud que le suministra mi inteligencia natural. Recordar el tiempo vivido y esperanzarme con el tiempo por vivir resulta una hazaña que espanta. Cuando se enteren los asiduos a la fe belicosa, una fe incontenible por los cincuenta estados de la Nación Esencial del Universo y sus territorios, patalearán y aducirán que el perro fue creado para acompañar al amo y obedecerlo. Y concluirán que inducirlo a hablar, razonar y discrepar, le sobreimpone una monstruosidad endeble, caprichosa, inútil.

Alabo, también, los servomecanismos con base en las tetillas. Si oprimo el llamador instalado entre la primera y la segunda tetilla, obtengo datos sobre el pensador Platón, el dramaturgo Shakespeare, el cantante Ricky Martin. Si oprimo el instalado entre la tercera y la cuarta tetilla, activo las conexiones periféricas. Si oprimo el instalado entre la quinta y la sexta tetilla, congestionan mi memoria las biografías de los perros a quienes considero emblemáticos. Si oprimo el instalado entre la séptima y la octava tetilla, me brotan las imágenes de las hembras con quienes volveré a copular, tarde o temprano.

Alabo, incluso, el escáner, si bien me da cosquillas cuando el Encargado de Mantenimiento lo aplica por alguno de los cuatro sobacos. Mas, ¿qué importan las cosquillas si el escáner aísla y neutraliza los virus informáticos, capaces de aniquilar el cerebro electrónico? Quede claro: el cerebro electrónico lo retroalimentan mis plus congénitos.

¿Cuáles plus me enorgullecen más?

Respondo al científico que me interroga.

1. El abolengo. El perro fue domesticado tres mil años antes que el gato, con el fin de acompañar al amo en la guerra, el pastoreo y la caza. En cambio, el gato fue domesticado con el objetivo de que defendiera los graneros de la plaga que supusieron los ratones, sus contemporáneos.

A pesar de que los gatos persiguen a los ratones, la superioridad de los perseguidos sobre los perseguidores no se discute. El ratón supera al gato en el manejo de la existencia, el sentido gremial y la aptitud para asustar a quien lo cerca. Hasta el más grande de los animales terrestres, el elefante africano, sufre de pánico cuando un ratonzuelo trasiega por entre sus patas colosales. Ningún otro mamífero roedor domina las tretas del débil como las domina el ratón.

2. Los genes. Emparento con el lobo europeo o *canis lupus* y el lobo de la India o *canis pollipes*. Emparento con el chacal turco o *canis aureus* y con el coyote mexicano o *coyotl*.

Siendo mínimas las diferencias entre las ochocientas treinticuatro variantes cánidas, reclamo como primos a cuantos perros extravagantes van por el mundo. Desde el basenji nipón hasta el slogui árabe. Desde el malamute de Alaska hasta los perros oriundos del Perú o pastores de Chiribaya.

Los perros evolucionamos como ningún otro animal. De expresarnos por medio del aullido, que plagiamos a nuestro tío el lobo, pasamos a inventar un sonido autóctono, el ladrido. Miente el ornitólogo que aduce haber encontrado un pájaro ladrador en la selva ecuatoriana, el *Jocotoco antpitta*. Los perros somos los únicos animales que ladramos. ¿Por qué si no en la Nación Esencial del Universo se publica la revista *Ladrido,* un foro de discusión de los problemas que enfrentan los perros de la *high class*?

3. La biografía. El hombre más importante del Planeta me soba la barriga. Y los santos papas, los dalai lama, los imanes, las testas coronadas, los presidentes de república y las estrellas cinematográficas se encorvan a estrechar mi pata y rasconear mi barbilla.

Siendo gobernador de Arkansas, mi amo tuvo otro perro, Zeke o algo parecido, quien murió en circunstancias trágicas. Creo haber oído decir a la exquisita Primera Dama Hillary que entre Zake y mi amo nunca cristalizó la *química* que refluyó entre él y yo, apenas vernos.

5

Reconozco la ayuda de las inyecciones de cultura básica y los relés electromagnéticos que transmiten buenos modales. Me regocijan el paseo por las arterias de la *Gran filogenia canina,* el tesauro con frases en francés y latín y la traducción del idioma chino moderno de la *Gran Enciclopedia Zoológica*. Disfruto el *zip disk* que contiene las fábulas de Esopo, Lafontaine y Samaniego y las novelas *Los animales de la granja, Lolita, Los miserables* y *Cien años de soledad,* entre muchas otras. Disfruto el disquete que contiene el libro de auto-motivación *Cómo dejar de ladrar, aquietar el rabo y llegar a ser un perro exitoso.*

Y, ¿qué puedo decir de la palabra?

Me entusiasma hablar. Me entusiasma enriquecer el vocabulario. Me entusiasma ahondar en los misterios de la gramática. Que un perro hable sobrepasa la noción de acontecimiento. Que un perro ahonde en los misterios de la gramática desafía la noción de credulidad. Viajar del pasado al presente y del presente al futuro, con el verbo como medio de transporte, me mantendrá perplejo hasta cuando estire las cuatro patas y el veterinario firme el acta de defunción: *Ya comí. Estoy comiendo. Voy a comer. A la noche comeré otra vez. No he comido aún.*

La corbata me estorba.

Encargado de la Apariencia, cuélguela del podio. ¡Cuide que no se estruje! Me hincha de orgullo patrio mirar la distribución artística de las cincuenta estrellas y las franjas tricolores en tan poco paño.

Gracias por las sonrisas amistosas.

A las gracias suceden las protestas.

6

Protesto porque el experimento revolucionario se realice a espaldas de mi amo. Protesto porque una irritante avería del cerebro electrónico me fuerce a hablar enumerando: previo a emitir ciertas oraciones recurro al uso de adjetivos numerales, como primero, segundo, tercero, etcétera. Protesto porque mi voz parece de marioneta metálica y porque la posición erguida me obliga a caminar como mujer que no se acostumbra a los tacones. Protesto porque se me emplazara a testificar bajo apercibimiento de desacato. ¡Sólo faltó que me esposaran e impusieran un bozal!

Mal se me conoce. ¿Desacatar la autoridad un perro gringo de pura cepa? Creo en la democracia y la voz plural de las urnas, la libre empresa y la propiedad privada. Creo en la manifestación del cariño por conducto del rabo y en el meado como demarcador territorial.

Por ser gringo hasta el gen y los cromosomas, *motu proprio* hubiera testificado cuanto sé del amorío fugaz que juntó a mi amo y la bella señorita Lewinsky. Y hubiera testificado a riesgo de incurrir en la indiscreción, dado que coloco el patriotismo por encima de cualquier otro deber. Y hubiera testificado sin asesoría legal, como lo haré, sin eximirme de describir las técnicas buco-genitales que hoy son la comidilla del mundo. ¿Conocen los presentes dichas técnicas? ¿Las conocen porque las practican o porque las ven practicar en la oscuridad palpitante de los cinecitos porno? ¿Alguno de ustedes vio la película *Garganta profunda*?

¡Compostura que estamos entre hombres!

El sexólogo Gershon Legman diferencia catorce millones, doscientas ochenta y ocho mil cuatrocientas técnicas buco-genitales. Abochorna decirlo: los perros desconocemos dichas técnicas. Incluso las desconocemos los Primeros Perros. Aunque desconocerlas no nos lleva a maldecirlas.

Buscando alternativas, pues barruntamos la excitación hormonal a que conducen, los perros lamemos el exterior del sexo de la pareja. La lamida transmite el mensaje de que nos interesa fornicar sin ambages y a lo bruto. A diferencia de ustedes, que desaprovechan el tiempo en el intercambio de pañuelos con iniciales y ramos de claveles, los perros somos más resueltos y vamos al grano de una vez.

7

Mientras los Ciudadanos Afectos a la Moral Sin Tacha toman notas, mientras los Científicos, Poetas y Filósofos tosen, carraspean, sudan y se reacomodan en los asientos, yo bosquejo la testificación. La enriquecerán la biblioteca virtual y los implantes computadoriles como los discos compactos, los *floppies,* los *zip disks*. En fin, cuanto recurso pone a mi alcance la cibernética, ciencia de la cual soy usufructuario.

Dividiré la testificación en tres partes.

1. Por la mañana hablaré de cuanto el hombre representa para el perro y el perro para el hombre y de las contribuciones de los perros al bienestar de la humanidad. Poca gente sabe que Sir Isaac Newton estableció la ley de la gravitación cuando vio a un chihuahua atrapar en el aire un aguacate. Poca gente sabe que el borzoi del sicofisiólogo Iván Petróvich Pavlov comenzó a salivar cuando oyó decir a su amo: *Voy a hacer una tortilla española de ocho huevos.*

2. Por la tarde hablaré de los agentes que se disfrazaron de gángsters perfumados y amenazaron con abollarme la castidad si no les relataba *la épica oral del Salón Oval*.

3. Por la noche diré *qué* hacían el cuadragésimo segundo presidente de la Nación Esencial del Universo

y la bella señorita Lewinsky en las veladas de amorío fugaz.

Los hiperbólicos Ciudadanos Afectos a la Moral sin Tacha hablan de infracción genital. Yo hablo de amorío fugaz.

Comienzo a testificar en propiedad.

8

La veterinaria clasifica a la raza canina de olfateadora. A los perros nos entusiasma olisquear. La comida ingerida, el apareamiento último, el domicilio fijo, la salud boyante o achacosa, son informaciones que rescatamos al hedor del meado ajeno: ya húmedo, ya seco, ya fermentándose. De la misma manera olisqueamos los tumores cancerosos bajo la piel. Hasta olisqueamos las chinches que se refugian en el colchón y la colchoneta.

La veterinaria clasifica a la raza canina de oidora. La audición perruna resulta dieciséis veces más potente que la humana. También supera la de un insecto como la cucaracha, un reptil como el cocodrilo y un quiróptero insectívero como el murciélago. Solamente el delfín, un mamífero cetáceo odontoceto, rebasa la audición de los perros.

Pero, las facultades que engrandecen a la raza canina trascienden el olfato y la audición. En una novela corta de Miguel de Cervantes dos perros chacharean con una agudeza que ustedes querrían para sí. Unamuno encarga al perro Orfeo, hondo conocedor de la comedia humana, narrar el epílogo de su novela *Niebla*. Y en la novela *La insoportable levedad del ser* el perro Karenin, sobreponiéndose al achaque y la descomposición orgánica, intenta reconciliar a sus amos.

El perro más exitoso jamás soñó una fracción de los reconocimientos señalados: olfato incomparable, audición ultrasensible, lealtad incondicional a los amos, agudeza, conocimiento de la comedia humana, capacidad de sacrificio. ¿Los soñó Perite, guerrero en Persia junto a su amo, el macedón Alejandro Magno? ¿Los soñó Fido Lincoln, quien asistió galano y compuesto al entierro de su amo, el décimo-sexto presidente de los Estados Unidos de Norteamérica, Honorable Abraham Lincoln? ¿Los soñó Boatswain, cuya belleza libre de vanidad, fuerza libre de insolencia y valor libre de ferocidad, merecieron la exaltación de su amo, el poeta Lord Byron? ¿Los soñó Rin Tin Tin, quien junto a Charlie Chaplin y Greta Garbo constituyó la trinidad de artistas memorables que triunfó en el cine silente y el cine parlante? ¿Los soñó Laika, quien se salió de la corteza terrena durante su misión de astronauta?

Ahí no acaban los reconocimientos.

9

Los perros poseemos un sensorio *mágico.* Nos comunica la cercanía de la muerte y cuanto les sucede a los vivos, al margen de las palabras y los gestos.

La exquisita Primera Dama Hillary enfureció cuando mi amo le confesó el amorío fugaz. Bajo los efectos de tan peligrosa emoción lo desterró del lecho nupcial, como a gato con viruelas. El sensorio *mágico* me transmitió la hecatombe. Yo seguí meneándole el rabo a la exquisita Primera Dama Hillary. Pero, cerré filas con mi amo durante las penosas noches de sofá. Como mariposillas invisibles revoloteaban a su alrededor las tensiones, las melancolías, las depresiones.

El sensorio *mágico* se añade al fardo de responsabilidades que sobrecarga nuestro lomo. En cuanto prefiguramos la muerte venimos obligados a disuadirla con gruñidos y ladridos. En cuanto olfateamos las tensiones, las melancolías y las depresiones venimos obligados a duplicar las muestras de cariño, en colaboración con el rabo. El cual meneamos, batimos y giramos hasta que el amo nos regaña: *Ya, ya,ya.*

El olisqueo conlleva la mar de preguntas. ¿Temo a quien meó aquí? ¿Tendrá el meón el güevo suficiente como para suplantarme? Y la audición ultrasensible resulta un gravamen adicional. Quien ve un perro encarar a un maleante tendrá dificultad en imaginarlo huérfano de cojones, miedoso hasta la cagada, porque estalló un trueno o reventaron unos cohetes.

Sí, el ruido excesivo atormenta a los perros, los saca de las casillas y empuja a las vísperas de la locura, con todo y que la locura sea una condición ajena a la raza cánida: la más juiciosa de cuantas salvó Noé del diluvio, la raza cabal por definición.

Me ofenden las sonrisas burlonas, los intercambios de miradas, las expresiones irónicas. ¿Puede indicarme cualquiera de los presentes la ciudad del planeta Tierra donde opera un perrocomio? Hagamos una encuesta al respecto.

Me complacen las sonrisas juguetonas, los intercambios de miradas, las expresiones de confianza. Entonces, sigan las instrucciones del Primer Perro Buddy Clinton y cierren los cuarenta y dos ojos.

10

1. Imaginen los contornos de un mapamundi. Digamos que el mapamundi concebido por el astrónomo y cartógrafo italiano Jean Domenique Cassini. Se publicó en Amsterdam el año mil setecientos quince. En el mismo se figura al gigante Atlas, soportando el globo terráqueo con los hombros.

2. Ahora recorran el mapamundi sin más orden que el desorden, como los perros recorríamos el mundo cuando el mundo era una bola de maleza. Como si fueran cachorros juguetones, corran por las líneas radiales, salten de un hemisferio al otro, salten de un paralelo a un meridiano.

3. Deténganse en los continentes y reparen en la divergencia de sus recursos naturales: América Sajona, América Latina, Europa, África, Oceanía, Asia. Vaguen por las urbes sobrepobladas. Entremézclense con las multitudes que se asientan en las megápolis: Sao Pao, Ciudad de México, Nueva York, Estambul, Tokio, Calcuta.

4. Ahora jueguen a recorrer los catorce millones de kilómetros que suman los hielos eternos del Polo Norte o región ártica y los trece millones de kilómetros que integran el Polo Sur o la Antártida.

Ahora abran los cuarenta y dos ojos.

¿Cuál de ustedes puede indicar el lugar del planeta Tierra donde opera un perrocomio? Ninguno podrá. Que no hay perros dementes sobre la faz de la Tierra, sí hay vacas y cabras dementes. Y gatos dementes, ni se diga, y en cantidad que preocupa.

Tampoco existen los perros consumidores de ansiolíticos. Tampoco existen los perros a quienes la angustia condena a tumbarse en el diván del sicoanalista, volteadas las patas hacia arriba, chorreadas las orejas, el hocico ganoso de verbalizar complejos, inseguridades y ambivalencias. *A ratos fantaseo con la vulva estrecha de una dálmata. A ratos fantaseo con el pene encrespado de un bulldog.*

¿Cuál es el chiste?

Díganlo para acompañarlos a reír.

11

Bueno, mejor evitar las exageraciones.

Habrá uno que otro perro a quien trastorne el déficit de atención y la hiperactividad. Uno que otro padecerá de anorexia, bulimia y megalomanía. Uno que otro se aburrirá del mimo hogareño y escapará hacia la incertidumbre, a la primera oportunidad.

Desde luego, la conducta del *pit bull* que descuartiza a una anciana a dentelladas, la del gran danés que exhibe los colmillos cuando despierta estresado, la del akita que mutila los dedos a quien lo disciplina, aun tratándose de acciones esporádicas, valen de argumento a los perrófobos de siempre: los gatos, los dueños de gatos, los carteros. Los perrófobos tampoco pasan por alto la irritación periódica con los niños que manifiestan el terrier escocés y el terrier tibetano.

Mas, la irritación periódica del terrier escocés y el terrier tibetano no afecta el prestigio de los perros juiciosos y cabales que habitamos el planeta Tierra, hace cuarenta millones de años. Duélale a quien le duela, los perros no sólo encarnan el juicio y la cabalidad. Encarnan el heroísmo, desde cuando el bueno y santo de Dios instruyó al patriarca Noé a fabricar un arca y refugiar en ella a sus familiares y a una pareja de animales por especie, pues planeaba destruir el mundo con el agua como arma.

En un santiamén, el patriarca fabricó el arca y organizó la lotería de las visas de sobrevivencia. Algunas especies, por ignorancia o desinformación, no se enteraron de los planes del bueno y santo de Dios. Otras se enteraron cuando el arca zarpaba, por lo que perecieron y no dejaron descendencia.

De justicia es destacar a la pareja de labradores, color chocolate, que representó a los perros en la nao mítica, después de competir por las visas de sobrevivencia. Tenaz y ladradora, la pareja defendió a Noé y los suyos cuando unos animales feròsticos quisieron hacerlo quedar mal ante el bueno y santo de Dios.

¿A cuáles animales feròsticos me refiero?

12

A los pterodáctilos voladores y los dinosaurios. A los iguanodontes y los dragones. A los hipogrifos y los basiliscos. A los unicornios, las esfinges y los tiranosaurios rex. Lo dice la *Filogenia Canina*, una suma perrológica que incoan los escribas sumerios y babilonios. Para nosotros simboliza lo que la Biblia para los cristianos, el Corán para los musulmanes y la Tora para los judíos: el libro evangélico. Se organiza en cinco libracos de diez mil páginas, que me fueron inyectados por el occipucio: en uno se narra la juiciosidad y el heroísmo de la pareja de perros durante el diluvio. Una juiciosidad y heroísmo que conmueven la razón, como se denomina la facultad de discurrir.

Siendo como soy un perro cibernético, capaz de realizar actividades que parecen mágicas, voy a conmoverles la razón. Mírenme oprimir el llamador entre la tercera y la cuarta tetilla y activar las conexiones periféricas: la iluminación me hará parecer un árbol de navidad, pero no importa. Mírenme guiar el cursor por entre el menú, abrirlo y extraer el icono *Juiciosidad y heroísmo de una pareja cánida en tiempos que fueron diluviales.* Cliqueo. Disfruten la alta definición del sonido.

La sinfonía que se escucha la compuso Ludwig van Beethoven, un compositor alemán. Dentro de unos segundos comenzará la narración. Un actor magnífico, que hizo el aprendizaje en el conservatorio teatral más noble del mundo, el Old Vic londinense, se ocupa de narrar.

Oigámoslo.

13

Una vez inspecciona el aguante de la madera y calibra los granos y las frutas, Noé moja los labios en una copichuela de moscatel. A continuación, sobre una escribanía revestida de cuero de res, extiende los papiros donde concibió un zoograma colosal. Luego se peina el bigote con los dedos, secciona la barba en mitades y trenza la mata de pelo. Después alista lápices y bolígrafos y dibuja asteriscos por los bordes del zoograma colosal.

El zoograma permite calcular las horas de repartir las comidas, disponer de las micciones y las heces y programar las intervenciones de la banda *That Fucking Noise Factory*. Los grillos violaron la norma "a pareja por especie". Con avilantez prorrumpieron en el arca los cien que forman la banda, popularísima en los festivales de Corinto, Gezer, Anfípolis, Eridú, Ur.

El zoograma clasifica a los animales por emplumados y peludos, por cornudos y rabilargos, por hocicones y espinosos, por carapachosos y venenosos, por enormes y chiquititos. Los chiquititos, como la pulga y la ladilla, se acomodan en cajitas con rendijas ventiladoras, hechas por Sem, Cam y Jafet. Estos renunciaron a la labor de masajistas en los *spas* de Sodoma y Gomorra para echarle una mano a su padre Noé.

Los vástagos de Noé improvisan una piscina, en el subsuelo del arca, donde acomodan a las parejas de tiburones, de caimanes, de hipopótamos, de ballenas y otros peces de agua salada y dulce. Además, colocan cuatro baobabs inmensurables en el *penthouse* y en ellos hospedan a la muchedumbre de pájaros, pajarillos y pajarracos.

El arca se divide en tres pisos, aparte del *penthouse* y el *vomitorium* para uso de los animales de estómagos fragilones. Incontables claraboyas y ojos de buey filtran la luz diurna y nocturna, haciendo menos asfixiantes los billares y los baños turcos, los gimnasios y los salones de té, los bares donde ingerir refrescos y la discoteca rusticona.

14

Noé suspende el zoograma de una pared en el centro de mandos, echa mano del teléfono celular y avisa al bueno y santo de Dios que el arca se encuentra lista para la botadura. La banda *That Fucking Noise Factory* interpreta mazurkas y pasodobles, rock duro, salsa y merengues, mientras Noé y su mujer Noelia reciben a las parejas representativas. Al patriarca lo engalanan el chaqué y el sombrero de copa y a la matriarca, sedas de Mesopotamia. Un paraguas que sostiene Nabucodonosor el Culitatuado resguarda a Noé y Noelia.

Noé y Noelia convidan a las parejas representativas a detenerse bajo la divisa *Benedictus qui vinit in nomine domini*. Luego pasan a una caseta donde se efectúan los protocolos: toma de las huellas pezuñales, hechura del retrato naif, emisión del carné de identidad, vacunación contra las enfermedades que los gatos contagian. La dipilidiasis, la giardasis y la salmonelosis. La esporotricosis, la toxoplasmosis y la bartonelosis.

De los protocolos se encarga Nabucodonosor el Culitatuado. Dicho hombrón adeuda su presencia en el arca a los interludios venéreos que les procura a los hijos de Noé, a la coba con que solivianta a la matriarca y al compadrazgo que lo une al patriarca.

Apoyándose en las prerrogativas de su jerarquía, el patriarca Noé salva al compadrísimo del diluvio. El compadrísimo no pasa de ser un desnudista exótico en la discoteca *While Visiting Sodoma Try The Sodoma Way*, cuya clientela abuchea apenas el hombrón se descamisa. Los abucheos suben de tono cuando, ajeno a los compases del jazz y las teatralidades de la seducción, Nabucodonosor el Culitatuado se ensaliva los pezones marchitos y suelta un reclamo mendaz: *Soy más sabroso que la sabrosura.*

Pero, el mundo siempre fue un nudo de cohechos y maquinaciones. Ordinario es, por tanto, que en el transcurso del diluvio universal, engalanado con chamarra de bayeta y boina azul, Nabucodonosor el Culitatuado asuma las posiciones sucesivas de artista, perito en huellas pezuñales y veterinario sin diplomar. Las posiciones se encumbran sobre el regalo de barricas de vino moscatel a Noé, sedas de Mesopotamia a Noelia y la introducción de los vástagos de Noé y Noelia en las recámaras de las *sexy wallets.*

El curioso mote identifica a las damas añosas que resuelven las dificultades económicas de los muchachos bien parecidos a cambio de coitos en número preacordado y garantía de derrame semenal. Con razón el himno de Sodoma y Gomorra culmina con un verso indigno: *Billete sobre billete, no hay falo que se sujete.*

15

Como intuyendo que saldrá a su defensa en los tiempos diluviales, Noé y Noelia acompañan a la pareja cánida hasta el rincón previsto en el zoograma. En el descanso entre los pisos primero y segundo, Noé y Noelia ceden el paso a la pareja de langostas, la pareja de cocolías, la pareja de percebes y otros crustáceos y moluscos, que suben en tremulenta comparsa. En el descanso entre los pisos segundo y tercero, Noé y Noelia ceden el paso a la pareja de okapis, la pareja de gamuzas, la pareja de camellos y otros rumiantes, que bajan en pandilla atolondrada.

Noelia baja la vista cuando oye a Noé encarecer a los dos perros la vigilancia de los simios, porque se indecentan en público. En especial los gorilas, los chimpancés y los orangutanes, muy dados a masturbarse dondequiera, hasta en el Templo de Salomón. El patriarca Noé secretea a la pareja que si la vigilancia se atuella, por fas o por nefas, recurra a los mordiscos correctivos y los colmillazos terapéuticos.

Los dos perros asienten con los rabos.

En esto, de la zona donde pugnan por subir a bordo las últimas parejas con los papeles al día, provienen unas acusaciones ignominiosas: *Sucios, Fariseos, Hide-*

putas. Lanzan las acusaciones quienes no obtuvieron la visa de sobrevivencia: los pterodáctilos voladores y los dinosaurios, los iguanodontes y los dragones, los hipogrifos y los basiliscos, los unicornios y las esfinges, los tiranosaurios rex.

16

Noé y Noelia, los atléticos Sem, Cam y Jafet y sus respectivas mujeres y Nabucodonosor el Culitatuado apresuran el embarque de las últimas parejas. A éstas no las convidan a colocarse bajo la divisa *Benedictus qui vinit in nomine domini*. A éstas las despabilan con varas e inducen a buscar acomodo temporero, cosa de zarpar.

De buenas a primeras, los pterodáctilos voladores despliegan las alas enormes, los dinosaurios se retortijan y los dragones lanzan bocanadas de humo fétido. Para no quedarse sin protestar, los hipogrifos algo se elevan y los basiliscos intentan matar con la mirada a los sucios, fariseos e hideputas. Sumándose a la guerrilla, los unicornios hieren el aire con los cuernos y las esfinges chillan una adivinanza: *¿Cuál animal anda por la mañana en cuatro patas, por la tarde en dos y por la noche en tres*? Solamente los tiranosaurios rex, acaso por el efecto de la dieta vegetariana, permanecen indiferentes, como si les diera lo mismo perpetuarse que extinguirse.

Alarmado por el pandemónium, Noé echa mano del teléfono celular y suplica instrucciones al bueno y santo de Dios. Tumbado en la hamaca donde finge descansar, el bueno y santo de Dios riposta: *Recto hijo de Lamec y recto nieto de Matusalén, no permitas que la re-*

cua de ilegales te amilane. Tras de ilegales, cabrones. ¿Pretenden tan señalados pendejos reducir la fenomenal epopeya de las aguas a una guerrilla? Entonces, veamos quién es el Guerrillero Mayor.

Al recto hijo de Lamec y recto nieto de Matusalén lo desconcierta oír al bueno y santo de Dios manejar el lenguaje arrabalero de Sodoma y Gomorra. Pero, se concierta al punto: ¿por qué desconcertarse ante la poliglotía de quien se comunica a diario con todas las almas? Incluso con las almas boquisucias.

Además, no hay tiempo para el desconcierto. El Guerrillero Mayor duplica las lluvias y los vientos, triplica los aguaceros y los huracanes, cuadruplica los truenos y los relámpagos. Así conjuga el *show* de luz y sonido más bello y cruel que ojos humanos vieron.

Los pterodáctilos voladores repliegan las alas enormes y los dragones se asfixian en el propio humo. Los dinosaurios enrollan los rabos y los hipogrifos dejan de piafar. Los basiliscos lloriquean porque los ojos de los sucios, fariseos e hideputas no responden a sus intentos asesinos. Mientras los unicornios se empeñan en descuernarse las esfinges pedalean en reversa. Solamente los tiranosaurios rex, acaso por el efecto de la hoja de coca que mascan, permanecen en estado de duermevela.

Acostumbrada a los tumultos causados por sus presentaciones en los festivales de Corinto y Gezer, de Anfípolis, Eridú y Ur, la banda *That Fucking Noise Factory* ni parece enterarse de la insurgencia. Como si nada estuviera pasando, corre a estrenar un ritmo urbano que se llama reguetón y prosigue interpretando mazurkas y pasodobles, rock duro, salsa y merengues.

Ni un maullido se oye mientras la fenomenal epopeya de las aguas crece y se embravece. Tampoco se oyen un aullido, un balido, un bufido, un cacareo, un croar, un graznido, un mugido, un piído, un rebuzno, un relincho, un rugido, un ululato, un zumbido, un zureo. En cambio, se oyen los ladridos tenaces crecer y los ladridos tenaces embravecerse.

17

¿Les conmoví o no les conmoví la razón?

¿Verdad que parece embuste?

Busco el llamador instalado entre la tercera y la cuarta tetilla. Pregunto, a la vez que desactivo las conexiones periféricas, ¿osaría el perrófobo más militante negar la conducta juiciosa y heroica de los perros durante el diluvio? Ladraron hasta que la nao mítica se posó, cual paloma mensajera, sobre el monte Ararat.

Por cierto, en rigor el diluvio universal no causó la destrucción de Sodoma y Gomorra: lo sabe hasta el gato más imbécil. ¿Se tratará de un procedimiento de los escribas sumerios y babilonios para sostener el interés del lector o se tratará de una síntesis artística de dos iras divinas?: el arrasamiento de la humanidad por la lluvia y el arrasamiento de la humanidad por el fuego.

Dejo la pregunta sobre el tapete.

¡Alguien pregunta por la pareja gatuna primigenia! Dije que ni un maullido obligó a los animales ferósticos a poner pies en polvorosa. Y todavía hay fanáticos acérrimos diciendo que las cuerdas vocales de los gatos producen cien sonidos distintos. Cien sonidos distintos sí producen las cuerdas vocales de las ballenas.

Pero, denunciemos otro engaño gatuno.

18

Creo, a patas firmes, que los gatos sobornaron a Nabucodonosor el Culitatuado y los hijos de Noé a la hora de conseguir la visa de sobrevivencia. Los cuatro hacían lo decible y lo indecible por procurar el dinerito extra con que pagar las pamplinas estilándose en los *spas* de Sodoma y Gomorra: el colágeno y el *botox*, la depilación de la espalda con rayos láser, el engrosamiento del pene.

Sin dejarme influir por la animosidad milenaria de la raza félida contra la raza cánida, me pregunto: ¿merecían los gatos obtener la visa de sobrevivencia? Sea el gato de Angora o de Algalia, sea el Gato Garfield o el gato de la sonrisa en la noche que Alicia saluda en el país de las maravillas, sea cualquiera de los gatos de la Señora Figg, cuidadora ocasional de Harry Potter, no hace otra cosa que pestañear, dormitar, asesinar pajarillos indefensos.

¿Envidia yo?

Contradígame quien me acusa de envidiar.

Muéstreme los gatos que arrastran trineos como los arrastra el husky siberiano. Muéstreme los gatos que rescatan a las personas sepultadas entre los escombros como las rescata el San Bernardo. Muéstreme los gatos que asisten a los granjeros en sus faenas como los asiste el pastor de Anatolia. Muéstreme los gatos que detectan la cocaína escondida en las tocas de una monja impostora como la detecta el pastor alemán. Muéstreme los gatos consagrados a la caridad como se consagró el perro del ermitaño Roque de Montpellier, el San Roque de la posteridad, cuando éste enfermó de la peste.

Lealtad, desprejuicio y perro son voces sinónimas.

19

Los perros permanecemos junto a los amos que la vejez precipita a la fragilidad y la inconsecuencia. Los perros seguimos amando a los niños que nos pesquisan los orificios nasales con las uñas sin recortar. Los perros no tildamos de lacra social a los amos deambulantes que hieden a caca de gato. Aun sabiéndonos burlados, los perros corremos tras las liebres mecánicas, por satisfacer a los amos. Aun sabiéndonos afrentados, los perros toleramos que se nos bautice con nombres irrisorios. *Rambo* un perritín faldero. *Caperucita Roja* un perrazo labrador. *O. J. Simpson* un caniche que no mata una mosca.

Los perros no discriminan a los amos por ser negros, asiáticos, hispanos, judíos, musulmanes. Los perros no discriminan a los amos que, siendo chicas, se contentan con las chicas o que, siendo chicos, se contentan con los chicos.

20

Suenan los veintidós Rolex.

Son las doce del mediodía.

A las doce se cumplen las tres horas que destiné a hablar de cuanto el hombre representa para el perro y el perro para el hombre y de las contribuciones nuestras al bienestar de la humanidad. A las doce a ustedes les toca el almuerzo y a mí la aceitada, el monitoreo de las reprogramaciones genéticas, el escaneo de los virus informáticos, la pasada de la peinilla.

Toca a tiempo el escaneo porque una comezón me fastidia el término del rabo. Falta de aseo no es: al amanecer me bañaron, espulgaron los pesuños, entalcaron, removieron las legañas, bruñeron la pelambre, desinfectaron la boca, desodoraron los cuatro sobacos. Ojalá el traidor Viernes Trece no borre los ficheros de la memoria. Confiemos en que la comezón sea labor de una pulga: ladilla no es. Por andar en el brete de la humanización va una eternidad que no monto perra.

Disculpen la indiscreción.

Algunas miserias humanas son contagiosas.

La comezón se pasea por el rabo. ¿Confrontará acciones de sabotaje algún servomecanismo? ¿Se habrá colado uno de mis vellos en el disco duro? ¿Requerirá mi pelaje un champú más efectivo?

Vayan a almorzar los Ciudadanos Afectos a la Moral Sin Tacha que investigan si mi amo, el cuadragésimo segundo presidente de los Estados Unidos de Norteamérica, cometió herejía genital al quedarse a solas con la bella señorita Mónica Lewinsky. Vayan a almorzar los Científicos, Poetas y Filósofos, a quienes pasma el experimento revolucionario del que soy eje ilustre. Vayan a almorzar el Mecanógrafo y el Taquígrafo, el Fotógrafo y los Técnicos del Sonido, la Imagen y la Edición. Permanezcan junto a mí los Encargados del Mantenimiento y la Apariencia, sin cuyo auxilio yo sucumbiría.

¡El picor se torna inaguantable!

Encargado del Mantenimiento, rásqueme.

Segunda parte
GÁNGSTERS PERFUMADOS

21

Buenas tardes.

Son las tres en punto.

Flash de última hora: mientras diecinueve de los presentes se atiborraban de *crudités* con requesón y bocadillos de espárragos, yo ingresaba en un cuarto de cuidados intensivos.

¿A qué obedece la alharaca?

El sarpullido sucedió a la comezón por el rabo. Hubo que desactivar los cuatro llamadores instalados entre las ocho tetillas y desalambrarme. Hubo que multiecografiarme. La multiecografía permitió descartar, como causas de la comezón y el sarpullido, el vello en el disco duro y la necesidad de un champú más efectivo. En cambio, validó la hipótesis de sabotaje a uno de los servomecanismos, con base de despegue en las tetillas. Oficial: alguien insiste en sabotear la humanización. Prosigamos testificando por si las moscas.

Durante la manaña elogié a los perros: compendié virtudes, recapitulé hazañas, distinguí talentos. Que, en unos casos, se equiparan a los de otros animales domésticos y, en otros, son superiores. Hablo del caballo, la gallina y el gato.

Improviso una semblanza de los tres.
Un científico me reclama objetividad.
Considero improcedente el reclamo.
Todo perro es objetivo por naturaleza.

22

1. Nada desfavorable puedo decir del caballo, mamífero perisodáctilo a agruparse entre los équidos, igual que la cebra y el asno. Pero, más trabajador y noble que el équido cebrado y el équido asnal. De tiro o carrera, percherón o normando, bereber o bretón, corra a trote o galope, el *equus caballus* proyecta donaire y fortaleza. Complace observar su compromiso en las tareas bélicas, agrícolas y circenses. Complace observarlo descargar sus responsabilidades de bestia proba. Complace exaltarlo como modelo a emular por los otros sujetos del *animalario*.

2. Reconozco el valor nutricio de las carnes y huevos de gallina y las posibilidades estéticas de sus plumas. Reconozco que la biomedicina destaca la coincidencia asombrosa entre sus genes y los de ustedes. Reconozco la exhortación a la vida sana que instituye su costumbre de recogerse temprano. Aún así, es ave de atractivo limitado. Compárenla con el pavo real y su cola de cien ojos. Compárenla con el quetzal y sus pies amarillos.

3. Nada favorable puede decirse del gato, requirente de atención a todas horas, como si fuera tullido. El mamífero carnívoro, digitígrado y doméstico, suele tener buena prensa: se le adjudica un *aire enigmático* del

que me reiría si pudiera, como puede la hiena, prima suya por cierto: ¿desde cuándo la dependencia se considera enigmática?

En fin…

Retomo los cabos sin atar por la mañana.

23

Inmerso como estuve en el elogio de la raza cánida, apenas denuncié el atropello corporal que sufrí a manos de cinco agentes hediondos a perfume barato. Tampoco denuncié el atropello mental que supuso la oferta de sodomías, dada mi heterosexualidad rampante. Que asumí en cuanto cumplí la edad de montar perra, si bien alcanzó el nivel de amenaza cuando desfloré a Melocotón, una cachorrilla en fuga hacia la incertidumbre.

¿Qué buscaba Melocotón en la incertidumbre? Lo que buscaría cualquier miembro de la raza cánida a quien se le vuelve carcelario el mimo hogareño: canalizar la adrenalina de los modos siguientes:

1. Olisquear los meados perrunos ajenos.
2. Ladrar a los automóviles en marcha.
3. Revolcarse en las materias podridas.
4. Aterrar a las palomas que comen maíz.
5. Vigilar el árbol donde se sube el ultraenemigo.
6. Consentir a la putería exenta de complicaciones.
7. Participar del sexo grupal.

Melocotón andaba fugada, no perdida. Burlando las estrictas medidas de seguridad paró en la Casa Blanca, no sé cómo. El nombre invitador de la cachorilla aparecía en la chapa del collar, lo mismo que su domicilio, un apartamiento por las inmediaciones de la embajada de Arabia Saudita. Yo fui al grano de una vez y lamí el exterior de su sexo. La lamida le transmitió mi interés en fornicar, sin ambages y a lo bruto.

La monté apenas el instinto me dijo que su fuga respondía a dos necesidades perentorias: experimentar la putería exenta de complicaciones y permitirse un episodio sexual callejero a plena luz del día. El episodio no pudo ser callejero, sí a plena luz del día y en el Dormitorio de Lincoln.

24

La verdad, aunque severa, es amiga verdadera: no se trata del dormitorio del décimo-sexto presidente de los Estados Unidos de Norteamérica, el Honorable Abraham Lincoln. Pero, como en dicha habitación se destaca una cama victoriana, que fue propiedad de su esposa, la exquisita primera dama Mary, en Casa Blanca le decimos el Dormitorio de Lincoln.

Sin que el guardia atinara a clarificar el sitio de donde procedían los alivios gemebundos, bajo la cama victoriana abultada por un edredón, Melocotón y yo fornicamos, sin ambages y a lo bruto. Un rastro discontinuo de sangre, más delgado que un hilo, transcribió en el suelo del Dormitorio de Lincoln la noticia de la desfloración.

Daddie Dearest me responsabilizó con el dedo acusador y añadió: *Esta será la última vez que calle el secreto de tu güevo anárquico.* Meses antes, también bajo la cama victoriana que fue propiedad de la exquisita primera dama Mary, desfloré a Hiroshima Mon Amour y a las gemelas Tango y Vals. Confieso mi irresponsabilidad: no sé si las preñé.

¿A dónde me lleva el argumento?

Si toda Washington D.C. sabía de mis notorias inclinaciones heterosexuales, si los dueños de perras vivían en ascuas por mis intentonas fornicatorias, ¿por qué los agentes encubiertos amenazaron con abollarme la castidad si no les relataba *la épica oral del Salón Oval*? No logro contestar esa pregunta, tampoco las siguientes.

¿Sería casualidad que los atropellos se produjeran poco antes de emplazarme la Justicia, bajo apercibimiento de desacato? ¿Quién o quiénes ordenaron el atropello? ¿Seré víctima del fuego cruzado entre quienes reclaman que embuche y quienes reclaman que desembuche? ¿Por qué no se me asesinó con el concurso de una albóndiga de churrasco argentino, rellena con vidrio molido, adobada con sal de cianuro y sofreída en hojas de cicuta? Dice un refrán *Muerto el perro se acabó la rabia.*

Perdón si ofendo: cuán torcidos son los seres humanos, cuán retorcidos.

25

Por la tarde denunciaré el atentado a mis dignidades sucesivas de perro y Primer Perro. A la vez denunciaré cómo mierdalizan la ley los fulanos y menganos que la representan. Ojalá los presentes aprecien la novedad que constituye el verbo mierdalizar. Concreta una grosería fraguada al calor de los acontecimientos y para el estricto consumo del género masculino: ¿de qué vale a los varones juntarse si no se da rienda al lenguaje soez?

Por cierto, hago constar mi pena por la ausencia de mujeres durante esta testificación histórica. Si se temió que incidiría en la escabrosidad y faltaría a los oídos femíneos, se me conoce poco y mal. Me precio de perro caballeroso, perro que suelta el palabrón sólo estando en compañía masculina.

Además, seamos coherentes o no seamos.

¿Asustarse de la escabrosidad cuando la prensa mundial dedicó las portadas a informar que la *emissio seminis* de mi amo manchó el traje azul marino de la bella señorita Lewinsky? ¿Asustarse de la escabrosidad cuando la prensa mundial informó que mi amo rozó el pubis y los labios vaginales de la bella señorita Lewinsky con un cigarro?

Si la prensa mundial no acreditó la marca del cigarro fue por negar publicidad a los fabricantes. El negociazo que supondría mercadear los cigarros *Gala Presidencial,* ceñidos con un anillo de papel policromo donde se recomienda: *Para entusiasmar el pubis y los labios vaginales de las damiselas.*

Aparte de ser un perro caballeroso, guardo las formas inherentes al título de Primer Perro, como las guardaron otros colegas a quienes la historia colocó en situaciones difíciles. A Ella y a Él Johnson el torbellino de la guerra de Vietnam. A Vicky Nixon, a Pasha Nixon y a King Timahoe Nixon el escándalo de Watergate.

Sin embargo, quiero mantener las distancias.

26

El paso por la Casa Blanca de los colegas citados fue menos conflictivo que el mío. Aparte de cuantos padecimientos llevo comentados, yo padezco la sombra alargada de Socks, un gato enfermo de complejo de inferioridad.

Aun cuando se alegue que en el Egipto antiguo se los momificaba como señal de adoración, aun cuando se aduzca que el poeta francés Baudelaire poematizó la desdicha de la raza gatuna, aun cuando se los emparente con el tigre de Bengala y el tigre de Tasmania, los gatos no pueden llevar el apellido presidencial: las tradiciones son leyes. El gato de la Primera Hija Amy Carter se llamó Misty Malarky Ying Yang y punto. El gato de la Primera Hija Susan Ford se llamó Chan y punto. El gato de la Primera Hija Caroline Kennedy se llamó Tommy Kitten y punto.

Yendo más allá de la animosidad milenaria de la raza félida a la raza cánida, Socks resiente una distinción reservada, *sensu strictu*, a los sucesores de Dulces Labios Washington: llevar el apellido presidencial.

En aras de que reine la paz, mañana tras mañana saludo a Socks con un rápido, pero sincero, meneo del rabo. Además de intentar agredirme con las zarpas, virarme la cara y afectar el *aire enigmático* y desdichado al que cantó el poeta Baudelaire, se muestra tenso, malcriado, neurasténico: ¿acabará en un gatocomio? Para guerrear se necesitan dos bandos: yo respondo a la tensión, la malcriadeza y la neurastenia de Socks con la ecuanimidad y la sensatez de los perros bien nacidos.

¿Por qué el odio milenario?

No sé contestar la pregunta del científico.

Nuestro paladeo diverge, como divergen nuestras costumbres higiénicas y nuestros talantes. Ellos comen ratones y nosotros, no. Ellos le temen al agua y nosotros, no. Ellos son misteriosos y nosotros somos transparentes. Ellos viven encaramados por los anaqueles y las repisas y nosotros vivimos con las patas en la tierra.

Por cierto, en el dialecto de una tribu amazónica, que se desplaza los sábados a la ciudad brasileña de Manaus a efectuar el consabido trueco, las voces impostor y gato son sinónimas.

27

Bueno, retomemos el atropello del que fui víctima por ser el amigo leal del cuadragésimo segundo presidente de la nación norteamericana. Una lealtad que él profetizó cuando escogió Buddy de entre los nombres a consideración para mi bautizo. No me hubiese desagradado el nombre Clin Tin Tin, que propuso la exquisita Primera Dama Hillary. El Clin legitimaba mi filiación con el clan Clinton y el Tin Tin reafirmaba mi entusiasmo por la estrella de cine Rin Tin Tin. Pero, Buddy me pusieron.

Buddy apodaban a un tío de mi amo, el respetable señor Henry Oren Grisham. Además, como buddy, escrito con letra minúscula, se reconoce en el idioma inglés al amigo especial. El amigazo. El compa. El panita. El mano. El manito. En resumen, el *brother*.

¿No es de celebrar que el presidente de la Nación Esencial del Universo trate a su perro como a amigazo? ¿No es de enfurecer que dicho tratamiento le acarree tribulaciones al perro? Los perros no lloran. Pero, si recordar las tribulaciones me induce a llorar, encarezco a los presentes que sesguen las miradas hacia la bandera de nuestra nación gloriosa, hacia los quince bustos, hacia las propias corbatas. Aborrezco que otros machos me vean llorar.

Desmenuzaré los atropellos, uno a uno.

28

Tras tomarme las huellas pezuñales, vacunar contra las enfermedades para las cuales ya estaba vacunado, proponer mi *des-parasitación por el carril expreso* como alegaban, los agentes principiaron sus faenas. Memoricé sus nombres y rasgos inconfundibles. Sam Terminator el ácido. Chiquito Banano el gigantón. Hecho en Hollywood el bonitillo. Frito Lay el chabacano. Bipolar el voluble. Los cinco lucían gafas ahumadas de tamaño extravagante.

1. Saltó primero el ácido Sam Terminator, del aliento fétido. Sobrevolaba su cabellera un sombrero de Panamá, color avena. El color reaparecía en el flux, la camisa y la corbata. A la par que se desanudaba la corbata, Sam Terminator exigía que desembuchara el *curriculum sexualis* de mi amo o me desrabaría.

2. Interpuso otra amenaza un agente cariampollado, Frito Lay. Vestía traje y camisa a cuadros y corbata con siluetas de unicornios. Hablaba con la boca atiborrada de nachitos: *Después que el agente Sam Terminator ampute el rabo del lindo perrito, el agente Frito Lay se lo almacenará en el culito angostito.*

3. El gigantón Chiquito Banano, quien se quitó las gafas para descuartizarme con la mirada, ordenó que cantara las cachonderías clintonianas con la misma *be-*

llezza que el divino gordo Pavarotti canta *O sole mio*. Chiquito Banano vestía pantalón y chaleco de látex negro sin mangas, exponiendo las greñas sobacales.

4. El vestido con caftán y tocado con turbante, Bipolar, quien a ratos hablaba a puros clamores y a ratos a puros murmullos, auguró que en los baños del presidio yo sería un suculento *plat de résistance*.

5. Mientras se contemplaba en un espejito que extrajo del bolsillo del abrigo de cuero blanco, el mentado Hecho en Hollywood me reclamó escupir cuanto el Bill y la Mónica hacían en el Salon Oval o atuviera a las consecuencias: *¿Lo hacían de pie o acostados? ¿Lo hacían desnudos o vestidos? ¿Lo hacían calzados?*

En plan de burla se tomaron de las manos, me rondaron y bailaron y canturrearon *La bamba*. La artimaña de amenazarme, con cantos y bailes ridículos, les salió mejor de lo que esperaban: escondí los colmillos, guardé el rabo entre las patas y bajé la testa. Porque mi actitud les pareció debilidad armaron una ensalada de gatuperios.

29

Necesito interrumpir la testificación.

Una palangana de agua me vendría bien.

Encargado del Mantenimiento, gracias.

Pido disculpas por los ruidos hechos al beber. A mí también me sobrecogieron, como me sobrecogieron los ruidos que hacía el cariampollado Frito Lay mientras comía nachitos la noche cuyos acccidentes pormenorizo. Pido disculpas por la docena de pedos: aún me fallan los controles de la salida intestinal.

Pero, démosle tiempo al tiempo. Si extraigo del cerebro electrónico las palabras y los entresijos de la gramática, ¿por qué no confiar en el alcance definitivo de los modales finos, tras culminar la enseñanza de los relés electromagnéticos? Aprendí en *De Canibus Britannicis* que cada año perruno equivale a siete años humanos. Nací el siete de agosto del mil novecientos noventa y siete, bajo el signo zodiacal de Leo. Me hallo en la flor de la juventud. Si la vejez no se me vuelve achaque y descomposición orgánica, viviré el tiempo necesario para aprender a controlar los pedos y comer con tenedor y cuchillo, desbloquear los miedos y filmar dos o tres peliculones que arrasen en la taquilla. Buddy Clinton en *El Perro Araña*. Buddy Clinton en *Buddy Clinton Desafía A King Kong*.

Buddy Clinton en *El Perro de Troya*. Confieso que ambiciono el estrellato cinematográfico, que no descansaré hasta ver mi nombre abarrotando una marquesina iluminada por luces de neón.

Díganme si no debo ambicionar. ¿Son malos los santos? Ambicionaban la santidad y la consiguieron. ¿O no consolaba al apestado de Roque de Montpellier sospechar que le tocaría el premio gordo de la santidad?

Me siento recuperado.

Retomo el desglose de los atropellos.

30

De pronto, razoné la provocación. Mi amo y la exquisita Primera Dama Hillary se encontraban fuera de la Casa Blanca. La adorable Primera Hija Chelsea se encontraba en Stanford recibiendo la instrucción universitaria. Los mayordomos y sus auxiliares andaban por donde andan los mayordomos y sus auxiliares a medianoche. *Ergo,* los agentes encubiertos decidieron acorralarme.

Hice guarida de mi cuerpo, escondí los colmillos cuanto pude, guardé el rabo entre las patas. ¿Por qué no ladré?: padecía de miedo, no de estupidez. Si ladraba, los agentes me tomarían por un animalucho débil e inseguro. Dice el refrán *Perro que ladra no muerde*. En cambio, si inclinaba la testa y rozaba el piso con el culo, los agentes creerían que los atacaría a dentelladas, al menor descuido.

La estrategia los enfureció.

¡De qué no me acusaron! Hijo de perra. Perro afroamericano. Perro hispano de basura. Perro mexicano ilegal. Narcoperro colombiano. Avaro perro judío. Perro árabe terrorista. Jodido perro pacifista. Perro ultramaricón.

Cuando los vi echar mano de las correas me apendejé. Los correazos y los puntapiés, que no tardaron en producirse, estimularon el meado. Convalecía de las primeras inyecciones humanizantes y los primeros tanteos computadoriles. Me recuperaba de los primeros ejercicios gramaticales. Todavía el cerebro electrónico operaba con intermitencias.

31

Pero, el bueno y santo de Dios no hace animales indefensos. ¿Ablandó el olor a meado fresco el corazón de los rufianes? ¿Dragaron sus conciencias los aullidos que me provocaron los correazos y las patadas? Nunca se sabrá. Se sabrá que restituyeron las correas a los pantalones, ajustaron los nudos de las corbatas y se recompusieron. Luego, el ácido Sam Terminator me sujetó por las orejas, igual a como el trigésimo sexto presidente de la Nación Esencial del Universo, el Honorable Lyndon Baines Johnson, sujetaba a Él y Ella Johnson. Para no quedarse atrás, el gigantón Chiquito Banano me regaló un sonoro beso aéreo y dijo una frase extrañísima.

Los otros agentes se murieron de la risa: se sujetaron los mondongos, apartaron las gafas de los ojos, inspiraron aire para doblarse hacia adelante, hacia atrás, hacia los lados. Me recordaron a mi amo. Cuando toca el saxofón se dobla hacia adelante, hacia atrás y hacia los lados. El doblamiento le provee el oxígeno imprescindible, pues la música de saxo lo abrasa, como abrasa a Woody Allen. Entonces, ya vuelto músico abrasado, el cuerpo parece sobrarle y el alma flotarle.

Nada más maravilloso que el cerebro electrónico: un recuerdo lleva a otro recuerdo. Cuando mi amo sometía el órgano de animal macho a la evaluación ponderada de la bella señorita Lewinsky, el cuerpo parecía sobrarle y el alma flotarle.

La lengua canina suele ser buena medicina: pasé la noche lamiéndome. Entre lamida y lamida reflexioné sobre la gracia de la frase que dijo el gigantón Chiquito Banano, gracia que se me escapaba. Al amanecer, cuando empezó a centellear el zafarrancho de los basureros por la Avenida Pennsylvania, dormí un poco y alcancé a soñar.

¡Poetas, háganme el favor de sentarse!

Sí, los perros soñamos. Al soñar nos agitamos y quejamos. El relato de por qué nos agitamos y quejamos lo dejo para cuando los poetas se sienten. Antes relataré mi primer sueño humanoide. El primero, en variados colores, por tanto. Que los perros regulares sólo sueñan en color blanco y color negro. Yo, en estos momentos, soy un perro irregular.

Poetas, gracias por sentarse.

32

Soñé que moría arrollado por un automóvil tipo van, cerca de un letrero de fondo verde y letras blancas que indicaban: Ruta 117, Chappaqua. Soñé que moría la tarde del miércoles tres de enero del año dos mil dos. El ángel asignado a patrullar Chappaqua trasladó mi cadáver a las puertas doradas del cielo. Vestía una cotita azulosa de mallas, que lo mostraba falto de tetas o tetillas, falto de órgano de animal macho o cuca. Tenía unas alas rojísimas, magulladas. De manera igual vestía el ángel recepcionista, a cargo de rellenar los formularios con los datos provistos por el ángel patrullero.

El ángel recepcionista silbó al ángel transportista para que se personara. Éste, un ángel que hedía a gato de la tercera edad, también vestía cotita azulosa de mallas y también estaba falto de tetas o tetillas, de órgano de animal macho o cuca. Rápido amarró mi cadáver a su espalda jorobada y alzó vuelo. A mi cadáver le dio repelillo la cochambre de sus alas amarillas.

Rebasamos una bandada de palomas de papel. Rebasamos una corriente de agua que llevaba camarones dormidos. Rebasamos la filmación de una película que protagonizábamos Rin Tin Tin, Lassie y yo. Aterrizamos, en picada, junto a una gran sepultura color marrón, a cuyos bordes el ángel transportista lanzó mi cadáver.

El ángel sepulturero estaba trepado en la cabeza de un alfiler. La nimiedad de su forma imposibilitaba determinar si estaba falto de tetas o tetillas, falto de órgano de animal macho o cuca. Menos podía saberse si portaba alas. Con voz inquisitorial el ángel sepulturero le preguntó al ángel transportista: *Aparte de otro cadáver de perro, ¿qué más trajiste?*

El ángel transportista se desabrochó la joroba falsa y del interior sacó unos videos pirateados de mis películas: *El Perro Araña, Buddy Clinton Desafía A King Kong, El Perro de Troya*. El ángel sepulturero perdió los estribos: *Entrégame esos videos o te delato por ángel pirata. Necesito negociarlos ya*. De nada sirvió la amenaza del ángel trepado en la cabeza de un alfiler. Mientras reintegraba los videos a la falsa joroba, el ángel transportista le respondió: *Te los entrego si me consigues el autógrafo del bueno y santo de Dios. Necesito negociarlo ya.*

33

Desperté sudando.

¿Dónde queda Chappaqua? ¿Por qué morí en Chappaqua? ¿Por qué ningún ángel reparó en que yo era Buddy Clinton? ¿En cuáles corrrupciones andaban metidos el ángel transportista y el ángel sepulturero?

Los sueños humanos y humanoides son puros rompecabezas, a diferencia de los sueños perrunos, que son simples, aun cuando produzcan agitaciones y quejas. Corrijo, no hay tales sueños perrunos, hay un solo sueño perruno. Sea el Primer Perro de la Nación Esencial del Universo, sea el perro flaco a quien todo se le vuelve pulgas, sueña un mismo sueño en color blanco y color negro, a lo largo de la vida: sueña con la maleza.

Un poeta quiere saber por qué los perros nos agitamos al soñar y por qué nos quejamos mientras soñamos. Otro pregunta por qué soñamos con la maleza. Contesto primero la segunda pregunta: porque en la maleza radicó nuestro paraíso en la Tierra.

Dueños como éramos de nuestras vidas, allí nadie nos aprisionaba en jaulas para ir de un lugar a otro. Dueños como éramos de nuestras circunstancias, allí nadie nos matriculaba en cursillos de aprender a sentarse y levantarse o nos requería cagar en el confín de una página de periódico. Dueños como éramos de nuestro destino, allí nadie nos tiranizaba con dietas bajas en calorías o nos des-sexualizaba con progesteronas sintéticas. ¡En la maleza los perros se conducían como aprovechaba a sus muy reverendos cojones y las perras se conducían como aprovechaba a sus muy reverendas matrices!

Los rebeldes tachan la nostalgia de reaccionaria. Pero yo pregunto: si un perro que habla no encarna la revolución, ¿quién la encarna? Yo, el eje ilustre del más revolucionario de los experimentos, quiero entregarme a la nostalgia, con el contrapunto fragante de los cerezos washingtonianos.

34

Dichosa edad cuando el mundo era una bola de maleza que los perros cuadrábamos mediante el recorrido buscapleitos. Y cuando de los campos nevados íbamos a los campos en flor y de los campos en flor íbamos a los campos caldeados. Y cuando volteábamos cinco o seis veces para apisonar la yerba que incomodaba la dormida o la holganza.

Aprendí cuanto evoco en la *Gran filogenia canina*. Aprendí que Eucyon se denomina el tronco común de los perros, que los lobos y los perros contenemos un mapa genético similar, que los perros compartimos quince mil genomas con ustedes de un total de veintidós mil. Aprendí que los perros cuadrábamos la bola de maleza, rebautizada como mundo por ustedes, organizados en jaurías de ochenta individuos, bajo el liderazgo de un perro perrero.

Resistidas a que el otoño las sorprendiera donde veraneaban, resistidas a que el rabo se les congelara durante el cruce de los lagos helados, decididas a alargar la primavera hasta que de la primavera sólo quedaba la palabra, las jaurías abrevaban en los ríos y las playas, las charcas y los mares.

Admitamos que la voz humana conlleva más autoridad que la voz perruna. En concordancia, oigamos, de nuevo, al actor de fraseo limpio y timbre poderoso que antes narró *Juiciosidad y heroísmo de una pareja cánida en tiempos que fueron diluviales*. Oprimo el llamador instalado entre la tercera y la cuarta tetilla y activo las conexiones periféricas. Aseguro la velocidad de transferencia, guío el cursor por entre el menú, lo abro y extraigo el icono *Perros perreros, perros caudillos*. Cliqueo. Unas *fugas* de Juan Sebastián Bach, compositor alemán, suenan al fondo.

35

Fiero como el león y astuto como el zorro, el perro perrero resuelve las necesidades de la jauría en época de vacas gordas y flacas, propicia la rehabilitación de los subalternos belicosos, condena a los subalternos alzados. Y garantiza la convalecencia de los heridos en las batallas. Y coordina los desplazamientos de la jauría en acuerdo con Padre Sol y Madre Luna.

Leve como la mariposa y dulzón como el oso colmenero, el perro perrero averigua las calamidades que se avecinan, de cuyo apremio informan los pájaros, esos meteorólogos supremos. También se mantiene al frente de la jauría en las situaciones graves, sin correr a ocultarse en la copa de los árboles, como corre a ocultarse el miedoso por antonomasia, el *felis catus*.

Solitario como el lobo estepario y sutil como la gaviota, el perro perrero arbitra las reyertas que son uso y costumbre de los perros problemáticos. Esos que destazan al opositor por cualquier dame acá esa hoja anticancerígena. Esos que acolmillan a cualquier posesor de un hueso desenterrado. Esos que prolongan la cópula y sabotean el turno de cada quien eyacular a su modo y ritmo. Que hay perros de güevo hacendoso y hay perros de voltaje testicular exiguo.

36

Resbaladizo como la anguila y concupiscente como el conejo, cuando arbitra las reyertas y recrimina los egoísmos, el perro perrero se comporta neutral. Que el juez inescrupuloso redacta el fallo previo a oír las partes y absuelve al bandolero si fue o es su compinche.

Memorioso como el elefante y veloz como el avestruz, el perro perrero sabe cuándo declarar la guerra a las piaras de puercoespines, las vacadas y las manadas de elefantes. Y cuándo desviar la jauría hasta la sombra de los árboles donde se descansa de las batallas campales.

Afanador como la hormiguita y frugal como el dromedario, el perro perrero aprovecha que la jauría ramonea para extraer de la maleza la medicina que cura a los heridos de gravedad: la flor de la belladona, la cataplasma de ilang-ilang, la mascadura del cafeto, el zumo del jengibre.

Pendenciero como el ganso y subrepticio como la anacaona, si nada remedian la cataplasma y la mascadura, el mejunje y el zumo, entonces el perro perrero recurre a la saliva y el orín propios. Si tampoco la saliva y el orín remedian, el perro perrero desahucia al herido de gravedad.

Sabiendo que para morir no se requiere compañía, la jauría se aleja del árbol sombrío. El perro perrero lanza un aullido que interesa, en especial, a la hiena y el cóndor, el buitre y el zopilote. Los aullidos de la jauría suceden al aullido del perro perrero. Redondea el ciclo luctuoso una jornada de abstinencia —durante tres días nada más se ingieren flores secas y se bebe leche de camella—.

Imponente como el águila y calculador como el lince, mientras reflexiona sobre lo ocurrido, lo ocurriendo y lo por ocurrir, el perro perrero termina el ciclo luctuoso mediante un seco ladrido. El ladrido significa *Prohibido entretenerse en el dolor.*

37

Véanme buscar la tetilla indicada, hacer clic y reintegrar el icono *Perros perreros, perros caudillos* al menú y a los archivos. ¡Cuánta madurez la del perro perrero! ¡Cuánta comparación ideal con los atributos de otros animales! No sé yo si un Bolívar, un Alejandro Magno, un Garibaldi, un Napoleón, dan la talla del perro perrero: fiero y astuto, leve y dulzón, solitario y sutil, memorioso y veloz, afanador y frugal, pendenciero y subrepticio, imponente y calculador.

¿Osaría el perrófobo más rabioso negar el liderazgo político del perro perrero? ¿Osaría un gato, un dueño de gato o un cartero, poner en entredicho el paraíso que supuso la maleza para la raza cánida? ¿Les conmovieron la razón las andanzas de las jaurías?

Objetivo como soy, puntualizo unos datos.

Los científicos descartan que la sexualidad perruna incluya el gozo. Los científicos afirman que los perros conocemos el sexo en los aspectos de la metedura y la eyaculación, que la cópula nos sirve para perpetuar la especie y nada más. Y concluyen que las erecciones se nos imposibilitan si no media una perra en celo, pues carecemos de fantasía y eros.

Siendo como soy el primer perro cibernauta, navegué por los diccionarios hasta que di con las definiciones de dichas palabras en el archivo *Sexualidades*. Las comparto con ustedes y añado mis comentos y peros.

1. Un ingenio francés define la masturbación como la mano al servicio de la fantasía. Desconozco la praxis de la masturbación, favorecida por los simios según el patriarca Noé. Pero conozco su método: vi a los gángsters perfumados circular una fotografía de la bella señorita Lewinsky y simular el proceso. Fantasía, por tanto, significa imaginar las realidades ausentes.

2. Un ingenio griego define a Eros como el dios que desasosiega a los amadores. Desconocía tal desasosiego hasta cuando se me realambró el hipotálamo. A partir de entonces me desasosegaron la cuca vivaracha de Giulietta Degli Espiriti, las cucas glotonas de las gemelas Tango y Vals y la cuca enviciadora de Rareza, quien nació con dos rabos y abanica el *penis baculum* mientras ocurre el acto metedor. Eros, por tanto, significa apresuramiento por llegar a donde el amor arde.

Los gemidos de contento que dejan escapar las perras cuando el *penis baculum* las penetra me excitan tanto como el gozo y la eyaculación. La turbulencia que se desata entre el hocico y la punta del rabo me avisa que estoy llegándole a la perra, que estoy dándole gusto. Ningún placer sobrepasa el placer de adentrar un cuerpo con la dureza intransigente del órgano de animal macho.

Me complace el asentimiento unánime.

Me complace que los varones concordemos.

38

Falta por contestar si los científicos atinan cuando descartan el gozo como ingrediente de la sexualidad perruna, si la cópula nos sirve para la perpetuación de la especie y se acabó. Falta por contestar si recordamos las perras con que nos apareamos meses atrás, si sabemos dónde el gozo arde al margen de las feromonas. En resumen, si nos cobijan los signos de la fantasía y el eros.

Contesto que no.

1. Los perros carecemos de fantasía y de eros porque la fantasía y el eros arrancan con la singularidad del nombre. Y con la distinción de ese nombre en voz alta, en voz baja, en susurro. Y con la evocación de cuanto el nombre nombra: compañía, placer, acuerdo.

2. Los perros compensamos la carencia de fantasía y eros con el instinto y la energía sexual. Perdemos la cabeza por una cuca, nos matamos a dentelladas por cualquier Topsy, cualquier Tensi o cualquier Tootsie, saltamos las vallas y rompemos las telas metálicas cuando las feromonas nos despabilan el apetito venéreo.

3. Acaso nuestra inepcia para la fantasía y el eros la confirma que, apenas saciamos el apetito venéreo, volvemos a cuanto anularon el instinto y la energía sexual: el bozal incrustrado de diamantes y las proteínas en jarabe,

el maquillaje y el atuendo con que aparecer en la portada de la revista *Ladrido*.

Pero, dejo a un lado la nostalgia. La nostalgia reniega del presente y sólo en el presente radica toda vida. Volvamos al presente.

39

Dije que el ácido Sam Terminator, el gigantón Chiquito Banano, el bonitillo Hecho en Hollywood, el chabacano Frito Lay y el inestable Bipolar se largaron. Dije que me relamí buena parte de la noche y soñé con mi muerte.

No dije que, a la mañana siguiente, Daddie Dearest reparó en la condición deplorable. Sin perder tiempo me embadurnó las sienes y ancas con lunares de yodo, obligó a ingerir dos febrífugos, atragantó de agua bórica, recriminó con el dedo índice de la mano zurda: *Eres un perro bellaco.*

A continuación rastreó los lugares por donde pudo ocurrir la escapada, convocó a gritos a un ama de llaves y un mayordomo subalterno, exigió explicaciones. El ama de llaves suspiró antes de explicar: *Miss Saigón va a acabar con la vida de ese perro.* El mayordomo subalterno, a quien yo detestaba porque me anudaba el rabo, intervino: *A ese perro lo caparon al llegar a la Casa Blanca. Ese perro no posee el güevo suficiente para darle batalla a Miss Saigón.*

El ama de llaves bajó la cabeza y se marchó, con un gesto inconfundible de molestia. Daddie Dearest recriminó al mayordomo subalterno con palabras duras: *In-*

decente, eres un submayordomo indecente. El mayordomo subalterno bajó la cabeza y se marchó, con un gesto inconfundible de molestia.

Yo hervía como agua para chocolate.

40

¿Interrogaron a cuantas perras llevo montadas si poseo güevo suficiente? ¿Interrogaron a Giulietta Degli Espiriti? ¿Interrogaron a las gemelas Tango y Vals? ¿Interrogaron a Melocotón? ¿Interrogaron a Popea?

Volví a quejarme y aullar. Recaí.

Cuando aquel tonel de carnes movedizas se escurrió hasta el suelo, con notables aprietos, el corazón se me estrujó. Hoy, el día más importante de mi vida, me arrepiento de no haberle confesado que la condición deplorable nada tenía que ver con el sexo callejero y sí con la golpiza infligida, a partes iguales, por Sam Terminator, Chiquito Banano, Hecho en Hollywood, Frito Lay y Bipolar. Pude hacerlo. El préstamo de la palabra y el trasplante de los entresijos de la gramática bullían en el cerebro electrónico, si bien les faltaban la aceitada, la revisión y el ajuste. Pero, si Daddie Dearest me oye balbucear, se estrella contra los suelos alfombrados de la Casa Blanca, víctima de una apoplejía masiva.

Aparenté que dormía. Patijunto, rabiquieto, ojicerrado, me entregué a descifrar la oración con que el gigantón Chiquito Banano se despidió. ¿Cuándo, dónde, cómo, en cuáles circunstancias yo había escuchado decir *Hasta la vista, Baby*?

La alarma del Rolex despierta a un cadáver. Son las seis de la tarde. Las patas traseras botan fuego. ¿Procederá frotarlas? ¿Cuál sabandija cibernética me estará debilitando?

Vayan a cenar.

Yo, previo a someterme al escaneo, descargaré la vejiga. Intentaré mear como hombre, por primera vez. Esto es, sujetando el *penis baculum* con la pata izquierda delantera y orientando el chorro hacia la taza del inodoro.

Los humanos corran a cenar.

El humanoide corre a mear.

Tercera parte
LA HEREJÍA GENITAL

41

Buenas noches.

Son las ocho en punto.

Informo, con orgullo justificado, que meé como mean los hombres. Informo, con pesar justificado, que, después de mear y sacudir el *penis baculum,* como lo sacuden los hombres, sufrí otro micro infarto del miocardio.

¡Siéntense, contrólense, relájense!

A lo mejor no sufrí otro micro infarto. A lo mejor sufrí otra isquemia temporal, otro vahído. El nombre de la enfermedad no importa, importan los síntomas, parecidos a los que experimenté por la mañana, cuando me dirigía hacia acá. A lo mejor se trató de una recaída, sin consecuencias, como la que sufrí cuando me acusaron de no tener el güevo suficiente para darle batalla a Miss Saigón.

Relataré el mal rato, igual al sufrido por la tarde. Por recomendaciones de los Encargados de Mantenimiento y Apariencia callé. Ahora, al ritmo de la noche, los desoigo a ambos.

Todavía la madrugada arropaba mi amada Washington. Los automóviles apenas circulaban por las avenidas Constitución e Independencia. A tan temprana hora yo intentaba aquietar el rabo y deslizarme en el asiento trasero de una limosina. Me asistían el neurofisiólogo y el teórico del comportamiento perruno, disfrazados de sacerdotes. El endocrinólogo disfrazado de chófer observaba por el espejo retrovisor y susurraba, como si también anduviera disfrazado de sacerdote: *Milagro, milagro, milagro.*

El milagro no fue deslizarme en el asiento trasero de la limosina, fue enroscar el rabo, aquietarlo y mostrarme impasible ante la gente que, aprovechando la fresca de la hora, se ejercitaba a pie y en bicicleta.

De buenas a primeras el endocrinólogo me entregó unos papeles y anunció que le mandaban a emplazarme: o testimoniaba sobre la herejía genital o me hallarían incurso en desacato. En ese momento preciso tuve la sensación de que el cerebro electrónico se fragmentaba, que me desaparecía a ritmo pacífico, como si estuviera borracho.

Duró un segundo la desaparición. Los sacerdotes falsos nada notaron, tampoco el chófer. Pero, yo desperté a la conciencia de mi monstruosidad endeble: bastaría con desenchufar el escáner de los virus informáticos para revertir la humanización.

42

La escena se repitió por la tarde.

Cuando enjabonaba y lavaba la pata que sujetó y sacudió el *penis baculum* volvieron los malestares. Esta vez me asistieron los Encargados de Mantenimiento y Apariencia, ubicados en un plano secundario mientras yo meaba a lo hombre.

Fui a parar a una sala de cuidados intensivos donde me esperaba la sonrisa confiable de los sabios de Harvard. Uno me tomó la presión, otro extrajo muestras de sangre, otro conectó los equipos multifuncionales a las cuatro patas. Uno revisó el cerebro electrónico, otro reemplazó cuatro bobinas y otro me libró de una garrapata del tamaño de una haba. Sin embargo, ninguno corrigió la avería del cerebro electrónico que me fuerza a hablar enumerando. Una avería que comparo con un soplo en el corazón.

Quedé en estado de desengaño. Callado filosofé si será que nadie es perfecto, empezando por mí, a pesar de ser el primer animal en interceder por el honor de un presidente norteamericano. Callado filosofé si el perfeccionismo no será un reclamo neurótico que justifica la parálisis creadora y el miedo al fracaso. El cual, queda visto, no es mi caso.

Al final, los sabios de Harvard me recetaron ir a cenar con ganas y dieron de alta. Obedecí. La lengua barrió las albóndigas refritas en calcio y potasio y condimentadas con alanina y leucina. También el arroz sancochado con meollo de elefante. Y también los rastros de bizcocho de riboflavina quedados en el bezo, las cejas, el bigote.

Los Encargados de Mantenimiento y Apariencia se mostraron parcos en el comer. Las inspecciones a que me sometieron los sabios de Harvard los mantuvieron ajetreados y tensos. Supondría una catástrofe que el virus Chernobyl me reescribiera la memoria justo cuando llega el momento cumbre de esta jornada.

Encargado de la Apariencia, vuelva a encorbatarme. Lo mandan la formalidad y el patriotismo. Me hincha de orgullo lucir en el pecho velludo una corbata que acoge las cincuenta estrellas y las franjas tricolores. Durante las tres horas próximas un perro formal, caballeroso y a la antigua dirá *qué* hacían el cuadragésimo segundo presidente de la Nación Esencial del Universo y la bella señorita Lewinsky durante sus encuentros furtivos. Dirá *cómo* se ceremoniaba el amor fugaz, *dónde, cuándo*.

Ciudadanos Afectos a la Moral Sin Tacha. Científicos, Poetas y Filósofos. Mecanógrafo y Taquígrafo, Fotógrafo y Técnicos del Sonido, la Imagen y la Edición. Despabilen las orejas los veintiuno. Los convoca la historia con hache mayúscula. Agudicen la inteligencia y la sensibilidad. Perfeccione el encuadramiento de la cámara el Fotógrafo. Garabatee legible el Taquígrafo. Teclee con primor el Mecanógrafo. Los Técnicos de la Grabación aseguren la fiabilidad de los micrófonos y los tiros de las cámaras.

Buddy Clinton, perro creyente en la democracia y la voz plural de las urnas, la libre empresa y la propiedad privada, la manifestación del cariño por conducto del rabo y el meado como demarcador territorial, testificará cuanto sabe del amorío fugaz que juntó a su amo y a la bella señorita Lewinsky. Testificará a riesgo de incurrir en la indiscreción, dado que coloca el patriotismo por encima de cualquier otro asunto. Testificará sin asesoría legal.

Arranco.

43

Con la pata derecha levantada, con la testuz y el hocico en alto, con las orejas enhiestas, juro decir la verdad, toda la verdad y nada más que la verdad sobre el amorío fugaz habido entre mi amo, el cuadragésimo segundo presidente de los Estados Unidos de Norteamérica, el Honorable William Jefferson Blythe Clinton y la bella señorita Mónica Lewinsky.

Siendo como soy un perro formal, caballeroso y a la antigua, no responderé a las cinco preguntas insidiosas que uno de ustedes adhirió al podio, de manera anónima. Hube de leerlas con el rabo del ojo, a la par que el Encargado de la Apariencia me hacía una v de la victoria con el nudo de la corbata. Por ser un perro que no tiene derecho a la modestia, las confundí con enhorabuenas y felicitaciones a mi inteligencia natural y mi inteligencia artificial. En mi caso, la una valida la otra: sé bien quién soy, al margen de los alambres y los electrodos.

Hay talentos que fluyen sin el menor esfuerzo y hay talentos a pujos y empujones. Si yo fuera un perro promedio, los sabios de Harvard no se habrían servido con la cuchara grande, como se han servido. En cuyo caso, ¿ocuparía el gato Socks el podio en esta sesión histórica? ¿Se encorbataría para deponer ante ustedes el falto de introvisión del gato Socks?

44

Me complacen las sonrisas juguetonas, los intercambios de miradas, las expresiones de confianza. Dado que ustedes parecen opinar sobre el gato Socks lo que yo, ¿me acompañarían a jugar un jueguecillo benigno? ¿Sí? Entonces, vuelvan a acatar las instrucciones del Primer Perro Buddy Clinton, como lo hicieron a la hora de recorrer el mapamundi que concibió el astrónomo y cartógrafo italiano Jean Domenique Cassini.

1. Tengan la bondad de cerrar los cuarenta y dos ojos.

2. Con los ojos cerrados imaginen al gato Socks acercándose al podio, llevando un Rolex en la pata izquierda delantera y sosteniendo un fajo de notas con la pata derecha.

3. Imagínenlo maullando la bienvenida.

4. Imagínenlo proclamándose el más modesto y más atropellado Primer Gato que en el mundo ha sido. Imagínenlo apostillando que ni a Misty Malarky Ying Yang, ni a Chan, ni a Tommy Kitten se los atropelló como a él.

5. Procedan a imaginarlo restregando la cabeza contra los bordes del podio, cosa de librarse de los transistores, los controles remotos, los electrodos, las pilas, los

cablecillos, los discos compactos, la calculadora operante a una velocidad de quince *teralops*.

6. Imaginen al falto de convicción del pobre Socks describiendo cómo Esa Mujer evaluaba el órgano de animal macho de Ese Tipo. ¡Esa Mujer! ¡Ese Tipo! Los gatos nunca descollaron por la elocuencia verbal. Pero, referirse como Esa Mujer a una muchacha más lozana que la rosa al alba indica un manejo paupérrimo del idioma. Y referirse como Ese Tipo a un hombre con pinta de príncipe azul indica una incompetencia retórica vergonzosa.

7. Ahora abran los ojos. Manténganlos abiertos, sin parpadear. Ahora fijen la mirada en el podio desde el cual el Primer Perro Buddy Clinton los observa con el escrúpulo del búho y la paciencia del asno. No miren la corbata sobreponerse al enjambre de alambres, miren la estampa que compongo recostado del podio.

8. Respondan si al Primer Perro Buddy Clinton le sobra o no el talento que fluye sin esfuerzo, el talento congénito. Respondan si no es falsa la premisa de que todos los animales somos iguales.

Gracias por el asentimiento colectivo.

Gracias por acariciarme con la sonrisa.

No sé dónde finalizarán mis días. ¿En la Casa Blanca o en la perrera municipal? ¿Dictando cátedras magistrales? No sé si mis cenizas serán lanzadas al Potomac o reposarán junto a las de mi amo, como reposan las de Checkers Nixon junto al suyo. Mas, donde vaya irá la gratitud por las sonrisas con que ustedes me agasajan. No lloro porque llorar no es cosa de hombres. En cambio, negociarlo todo sí es cosa de hombres.

Un poeta grita que no entiende.

Enseguida lo va a entender. Porque voy a negociar un acuerdo con ustedes.

45

Leeré en voz alta, pero no contestaré, las cinco preguntas anónimas, adheridas al podio. Tómenlas como el introito al testimonio en ascuas.

1. ¿Se despeinaban el Bill y la Mónica al pecar?

2. ¿Estresaba a la pareja la impureza de su relación?

3. ¿Se cumplimentaban con oraciones protocolarias como *Muchas gracias Señorita Lewinsky por desearme, Muchas gracias Señor Presidente por dejarse desear*?

4. ¿Sabe la Mónica que, de cuando en cuando, su apellido se escribe con letra minúscula?: *La chica agasajó al chico con una lewinsky que lo dejó nuevo.*

5. ¿Sabe el Bill que en los países europeos se le sobrenombra *La bragueta biónica*?

Contrarresto las cinco preguntas insidiosas con cinco libres de especulación y mala fe. Tómenlas como mi primera deposición oficial sobre el amorío fugaz que algunos criminalizan como herejía genital.

1. ¿Hubo entre la bella señorita Lewinsky y el cuadragésimo segundo presidente de la Nación Esencial del Universo una específica relación sexual? Respondo con un campanudo *Sí.*

2. ¿Engañó el lobo canoso a la chica alborotada por la juventud con la falsa promesa de matrimonio? Respondo con un retumbante *No*.

3. ¿Fueron ambos tan bobalicones como para no sospechar que se levantarían en su contra los ciudadanos del sexo anestesiado por la frustración y la culpa? Respondo con un campanudo *Quién sabe*.

4. ¿Desconocían todo un Señor Presidente y toda una ninfa constante que algunas ilusiones, como algunos medicamentos, tienen prevista la fecha de expiración? Respondo con un esquivo *A lo mejor*.

5. ¿Pudo alguien impedir la llamada herejía genital? Respondo con un mortificado *Sí*.

46

Reparo en las miradas ferósticas de los Ciudadanos que investigan si mi amo cayó en la infracción genital al quedarse a solas con la bella señorita Mónica Lewinsky. Reparo en la confusión de los Científicos, Poetas y Filósofos. Reparo en la parálisis manual que ataca al Mecanógrafo y al Taquígrafo, el Fotógrafo y los Técnicos de Grabación. Reparo en la rigidez cadavérica del Encargado del Mantenimiento. Reparo en que el espanto gatea por la cara del Encargado de la Apariencia.

Andarán conjeturando si pudieron impedirlo la exquisita Primera Dama Hillary, la adorable Primera Hija Chelsea, el Negociado Federal de Investigaciones, la Agencia Central de Inteligencia, los cinco gángsters perfumados.

No, la exquisita Primera Dama no podía impedirlo. Tampoco la adorable Primera Hija. Tampoco el Negociado Federal de Investigaciones, la Agencia Central de Inteligencia, los cinco gángsters perfumados. Menos aún pudo impedirlo el inútil de Socks.

¿Quién entonces?

¡Yo!

La primera vez que la bella señorita Lewinsky se escurrió en el Salón Oval pude denunciarla a fuerza de ladridos. Sin caer en las conductas extremosas del *pit bull,* el gran danés o el akita, pude crispar el rabo y las orejas y ponerla a huir. Pude disciplinarla con mordiscos correctivos y terapéuticos. Yo, Buddy Clinton, pude impedir el viacrucis que arrostra mi amo y la inscripción de su nombre en los anales de la lujuria. Yo debí profetizar que la bella señorita Lewinsky sólo traería a mi amo conflictos, trastornos y desazones.

La culpa me quema la garganta. Suplico agua al Encargado del Mantenimiento. Gracias por el cacharro de agua. No hay bebida que complazca más.

47

Mientras calmaba la sed pensé que debo retractarme por un comentario injusto, hecho segundos atrás. Dije que la bella señorita Lewinsky sólo traería a mi amo conflictos, trastornos y desazones.

Desde luego, el cielo no se tapa con un dedo. La conducta de la bella señorita Lewinsky desencadena opiniones inconciliables. Los hombres se preguntan cuáles de las catorce millones, doscientos ochenta y ocho mil cuatrocientas prácticas buco-genitales ella domina. Y las mujeres se preguntan a santo de qué ella ofrece tales extravagancias sexuales a los hombres, felizmente, casados.

Igual ocurre con el cuadragésimo segundo presidente de los Estados Unidos de Norteamérica, el Honorable William Jefferson Blythe Clinton. Las mujeres se preguntan cuáles armas galantes despliega para que nunca falte *otra* en su camino. Y los hombres se preguntan a santo de qué un hombre en edad de viagrarse corteja a una muchacha veinteañera.

Ambos símbolos son inaceptables. Por eso me retracto del comentario injusto. Más allá del conflicto y el trastorno y la desazón, más allá de las conjuraciones de los moralistas y las griterías de los analfabetos sensuales, la bella señorita Lewinsky obsequió a mi amo una novela esplendente de una sola palabra. Y él, hombre entre los hombres, no se pudo resistir al obsequio.

48

Al margen de edades y fatalidades, nadie negará que mi amo y la bella señorita Lewinsky tuvieron momentos de felicidad, amenguados por la zozobra. Además, la felicidad no estuvo sujeta a componendas y fingimientos por parte de mi amo. Sí reconozco que la telefoneaba a deshoras, que le regaló alguna cosilla insignificante. Sí reconozco que ella, como toda mujer enamorada, transformó la cosilla insignificante en prenda de un amor sin barreras.

Pero, una cosa es que la bella señorita Lewinsky confundiera la veleidad de un juego con la seriedad de una promesa e imaginara boda y luna de miel. Y otra que reciclara el órgano de animal macho de mi amo como página en blanco donde escribir una novela de una sola palabra: deseo.

¡Paren de gritar las veintiuna bocas!

Oyeron bien: vi a mi amo someter el órgano de animal macho a la evaluación ponderada de la señorita Lewinsky. Vi el placer transfigurarlo, regar su cuerpo fornido y espasmarlo, rendirlo, mudarlo al cielo. Y con todo y ser macho hasta el radicalismo, capaz de penetrar tres o cuatro perras sin reposar entre las penetraciones, me sobrecogió la hermosura que iluminaba el rostro del hombre más importante del Planeta mientras desembarcaba la *emissio seminis*.

Me ofenden las sonrisas burlonas, los intercambios de miradas, las expresiones irónicas. Para que el equívoco no sirva de metralla a mis enemigos incondicionales, sus dueños y los carteros, para que no se confunda el cariño a mi amo con sabrá Dios cuál depravación, hago las aclaraciones siguientes.

1. Jamás he participado en los ensamblamientos que prescinden de la cuca como materia prima. Jamás he experimentado el fornicio con otro perro, siquiera por matar el tiempo. Cuando olisqueo un culo de perro, empujado por fijaciones atávicas hoy desfasadas, nauseo en el acto.

2. Sin considerarme el Casanova de la raza cánida, he sabido llegar al Memorial de Iwo Jima con la velocidad de la luz, atraído por las feromonas de una perra en celo.

3. Cuantas ocasiones el órgano vomeronasal me notifica que una Topsy, una Tensi o una Tootsie requieren los socorros de un órgano de animal macho, brinco verjas, rompo cadenas, desafío palos y piedras. Pues disfruto el alivio gemebundo que dejan escapar las perras al verme llegar a socorrerlas.

Desde luego, uno sabe de hoy, pero no sabe de mañana. En la *Gran filogenia canina* se relatan casos de perros robustos, modelo del semental feroz, que un buen día desistieron de los ensamblamientos que requieren la cuca como materia prima y ensayaron el fornicio alterno. Y también se relatan casos de perros con una herramienta imperial entre las patas, capaces de despiezar un antílope en menos de un segundo, que fueron sorprendidos en posiciones, harto comprometedoras, con perros de otras jaurías.

49

Dicho lo dicho, bajo el salvoconducto de mi heterosexualidad sin mácula a la hora actual, retomo la apología de la bella señorita Lewinsky, traedora de la felicidad efímera que hermoseaba a mi amo.

Recuerdo su piel del color de la luz. Recuerdo cuando me regaló una sonrisa picarona. Recuerdo cuando, en respuesta a la sonrisa picarona, me propasé, coloqué el hocico sobre sus muslos y olí y olí y olí, hasta que el olor me empapó. Si la bella señorita Lewinsky causaba en un perro tal arrobo, ¿cómo puede extrañar que mi amo, el extremo opuesto del fanático moral y el analfabeto sensual, no se dejara arrastrar por la felicidad efímera que ella ponía a su alcance?

Pregunta un cuidadano quiénes son dichos fanáticos. Son quienes escamotean el derecho del cuerpo al deleite en el nombre de la más horrenda de las perversiones, la castidad. Son quienes se despreocupan de los acontecimientos en la cama propia y se preocupan de los acontecimientos en las camas ajenas. Pregunta su vecino de asiento quiénes son los analfabetos sensuales. Son quienes jamás supieron de las fiestas rumbosas que se organizan al sur del ombligo.

Lo repito para que no haya dudas.

Vi la felicidad invadir el cuerpo de mi amo, espasmarlo, llevarlo al cierre de los ojos cuando la *emissio seminis* desembarcaba. Vi la hermosura desbordar su rostro cuando la *emissio seminis* apareció, precedida por el calambrillo que hemos sentido los veintidós varones aquí presentes, cientos de ocasiones.

Permítanme una digresión oportuna.

50

En el principio fue el verbo según ustedes. Llevados por la palabra ustedes se adentran en los laberintos del amor y el desconsuelo, la poesía elevada y la prosa rastrera, la mentira y la verdad. Porque, ¡cuántas mentiras ustedes cometen en nombre de la verdad!

En el principio fue el olor según nosotros. Llevados por el olor, los perros nos percatamos de si un hueso fue desechado, merece roerse de inmediato o donarse a un museo por ser hueso de puerco verraco, de mastodonte, de diplodoco.

Los perros olemos las intenciones humanas. Por el olfato diferenciamos los paseos hacia la distracción y los paseos hacia el abandono. Cuando llegan el achaque y la descompostura orgánica algunos amos nos vendan los ojos y abandonan en los bosques remotos. Pasados unos días regresamos al hogar, asquerosos y revejecidos. ¡Nos vendaron los ojos, pero se olvidaron de vendarnos las fosas nasales!

Los perros nacemos sordos y ciegos y el olfato nos guía hacia el pezón materno. Cuando dejamos de ser neonatos y comenzamos a ser cadiellos o cachorrillos, desigualamos nuestro jadeo mamón y el jadeo mamón de los hermanos. Después, cuando dejamos de ser cadiellos o cachorrillos y comenzamos a ser cachorros, se nos revelan los olores primarios, secundarios, terciarios. Todo olor interesa a los perros.

De ahí que, con las cuatro patas extendidas, una oreja en reposo y otra alerta, un ojo cerrado y otro a medio abrir y el hocico y el rabo descansando sobre el piso alfombrado del Salón Oval, registrara el olor suscitado por las prácticas magistrales de la bella señorita Lewinsky. No mudé de posición para registrarlo. Como los cocodrilos, los lagartos y los guaraguaos, los perros somos capaces de fingir el dormimiento.

Fue, por tanto, sumido en la inmovilidad como descifré tres olores que, al mezclarse, componían un olor nuevo. A saliva. A sudor de hombre. A perfume de mujer.

A la par que se hermoseaba el rostro de mi amo me aturdió las fosas nasales el olor a derramamiento *incontinenti*. De ahí que no me sorprendiera su reaparición cuantas veces la bella señorita Lewinsky repetía las prácticas magistrales. El olor al derramamiento sin contener de la naturaleza masculina, definido como eyaculación por el diccionario, pasó a serme archiconocido.

¿Cuál de los dos gozaba más?

Vaya pregunta.

51

Los perros conocemos a nuestros familiares humanos, a perfección: la pareja matrimonial y los hijos, los primos y los sobrinos, los abuelos y los tíos, los vecinos y los amigos de visita. Pero sólo reconocemos a una persona en calidad de amo. Mi amo venerando se llama William Jefferson Blythe Clinton, alias Bill.

Cuando se me instaló el cerebro electrónico, la imagen primera que cuajó fue la de mi amo sonriendo. A continuación se agolparon otras. La de mi amo llevando en las manos dos bolas de tenis. La de mi amo llevando en las manos una rama seca. La de mi amo rascándome la barriga. La de mi amo ofreciéndome un *snack*. ¿Entienden por qué no sé cuál disfrutaba más? De la pareja divirtiéndose en el despacho anexo al Salón Oval sólo me importaba mi amo, sólo contemplaba a mi amo, sólo tenía un ojo siempre abierto para mi amo.

Con mucho gusto y fina voluntad complaceré al poeta que suplica más información sobre la bella señorita Lewinsky, después de rascar donde el picor me atormenta. El picor culebrea hasta las tetillas. Pero, no creo que sea un asunto de escáner, con perdón del Encargado de Mantenimiento.

Sigo.

Reparar en la felicidad de mi amo no me impedía apreciar la belleza de la señorita Lewinsky: hembra para llevar del brazo por la avenida Pennsylvania. La lozanía. Las ondas de la cabellera. La carne de la boca. La suavidad de los codos.

Hablo de hembras y la mente me la pueblan las sombras de Giulietta Degli Espiriti y Rareza, de las gemelas Tango y Vals, de la perra del embajador de Austria. Hablo de hembras y, como por resorte, asoman las sombras de Melocotón, de Baby Jane, de Molly Bloom, de Eva Luna. Hablo de hembras para llevar del brazo por la calle y se me atascan en la memoria las sombras iluminadas de Enchilada, de Popea, de Hiroshima Mon Amour, de Norma Desmond, de Titanic.

A ustedes les causa gracia el nombre de Titanic.

A mí me causa melancolía.

52

Tanto se adueñaba de mi órgano de animal macho la cuca dentata de Titanic que, en el lapso de una penetración, varios calambrillos anunciaban varias *emissio seminis*. Por ensartar a Titanic dejaría de filmar grandes películas. Buddy Clinton en *El Perro Invisible*. Buddy Clinton en *Buddy Clinton Contra Rocky Balboa*. Buddy Clinton en *El Perro Más Sexy del Mundo*.

No desespere el poeta que suplicó información adicional sobre la bella señorita Lewinsky. Seguiré complaciéndolo luego de disuadir la erección que me agobia por andar pensando en la Titanic.

Indecencias como la que están viendo no se repetirán ¿tengo cara de gorila, de chimpancé, de orangután? Una vez se regule mi condición de perro humanoide y el estatus de estrella cinematográfica rija mi vida, usaré taparrabos, suspensorios, trajes de baño, pantaloncillos. Las erecciones se controlarán a como dé lugar, bien por el método de la infibulación, bien porque se me dessexualice con progesteronas sintéticas, bien porque se me matricule en cursillos para combatir las erecciones inconvenientes. Todos pagamos un precio por ver cumplidas nuestras ambiciones.

La garganta está a punto de reventar.

Pero, sigo en pie.

Aludí a la piel color de luz de la bella señorita Lewinsky, a su sonrisa picarona y cabellera en ondas. Ahora aludo a las carnes que la prensa flaco-supremacista desacredita. La bella señorita Lewinsky no era una musa aeróbica. Pero, no se la podría considerar gorda.

Recuerdo haberla visto, muchas ocasiones, en el Salón Oval. Bien maquillada. Bien vestida. Bien compuesta. Bien entaconada. Bien oliente. Los poros, los capilares, el nervio ciático, el plexo solar y el plexo sacro eran surtidores de olor inmejorable.

53

En el olor integral de la bella señorita Lewinsky se mezclaban el hechizo químico y el hechizo glandular, más el olor a mujer retadora de los límites. La primera vez que nos visitó tuvo la idea, poco graciosa, de darme unas palmaditas en la cabeza. Yo quedé patidifuso. Intimidado por su olor a hembra saludable y bien perfumada, le meneé el rabo con cierto titubeo. Después, cuando empezó a entrar y salir del Salón Oval, como Pedro por su casa, le meneaba el rabo y de qué manera.

El comentario de un científico me hace gracia.

Si le meneaba el rabo a los papas y los dalai lama, a los imanes y las testas coronadas, a los presidentes de república y las estrellas cinematográficas, gente que venía a medrar, ¿cómo no iba a meneárselo a quien llegaba a la Casa Blanca a dar?

Me fatigo a cada rato. Como si el cerebro electrónico se estuviera *desoxigenando*, para decirlo con una palabra fácil de entender. ¿Estarán fallando las válvulas electrodinámicas? Continúo.

Un olor adicional asocio con la bella señorita Lewinsky: me dio a probar pizza de queso derretido y salami.

54

Si siguen preguntando, la sesión no terminará en el curso de hoy. Y quiero volver a Casa Blanca esta noche y celebrar el ascenso a humanoide, junto a mi familia.

¿Cómo puedo saber las veces que el estallido de la naturaleza hermoseó el rostro de mi amo, como pretende que sepa uno de los ciudadanos afectos a la moral sin tacha? ¿Treinta y ocho, treinta y nueve, cuarenta? Mentiría si comprometiera un número, no me pongan contra la pared. Mi manejo de las matemáticas apenas roza la artimética, queda a años luz del álgebra y desconoce la existencia de la geometría y la trigonometría. Desde luego, a tonto no llego.

Sé contar el número de los aquí presentes y el de las galletitas con que se premian mis piruetas aéreas. Sé contar las albóndigas servidas en la escudilla y las preguntas anónimas adheridas al podio. Sé cuántas grandes lecciones me proporcionó, sin darse cuenta, la pareja divirtiéndose en el salón adyacente al Salón Oval: cuatro.

¡Cuánta curiosidad al unísono!

¿Estaré reunido con analfabetos sensuales?

Bien, los complazco y detallo las lecciones.

1. El sexo humano discurre entre la desesperación por culminar el placer y la desesperación por retrasarlo.

2. Al instante de culminar el placer se abuelen los poderes y los títulos, los timbres sociales y las razas, la educación y la falta de ella.

3. La mueca y la sonrisa configuran un gesto nuevo cuando culmina el placer, sea mediante la eyaculación, sea mediante el orgasmo.

4. Todo acto humano es susceptible de simulacro menos la erección.

¿Más bisbiseo? Ni que fueran moscardones.

Me irrita la tendenciosidad de esa pregunta.

¿Cómo iba a contar las veces que una pareja de *homo sapiens* gozaba de sus partes íntimas cuando las feromonas undulaban por la Avenida Pennsylvania? ¿Cómo iba a atender las cucas a mi cargo si atendía las cucas a cargo de mi amo? Jamás lograré calcular si fueron treinta y ocho, treinta y nueve o cuarenta las veces que la bella señorita Lewinsky y mi amo disfrutaron el uno del otro.

Sí confirmo que el disfrute tuvo por escenario el despacho anexo al Salón Oval, donde yo holgazaneo. Bueno, además holgazaneo en otros salones. Cuando el calor sancocha a Washington, cuando Georgetown y Virginia y Maryland humean, salgo de la terraza del Salón Oval, acelero el trote y me zambullo en la fuente que mandó a construir el vigésimo presidente de la nación norteamericana, el Honorable Ulysses Grant. Si mi amo escucha la zambullida, se llega a la fuente con un par de bolas de tenis y armamos la fiesta.

Durante el verano deambulo por la Casa Blanca, como perro realengo. Suelto un pedo aquí, tiro otro pedo allá. Durante el verano escapo a la vigilancia de los mayordomos y recorro algunos de los ciento treinta y dos salones que integran la Casa Blanca. A veces, si estoy tristón o deprimido, me escapo hacia la geografía de la incertidumbre.

55

¿Ven por qué Daddie Dearest no sospechó de mis breves desapariciones mientras transcurría el experimento que hoy se pone a prueba? ¿Ven cómo el endocrinólogo, el neurofisiólogo y el teórico del comportamiento pudieron aprovechar mis escapaditas? ¿Ven cómo el tamaño descomunal de la Casa Blanca permite la comedia de equivocaciones que precedió a mi humanización?

Cuánta estudiantina turistea por la Casa Blanca durante el verano, cuánto jubilado y ciudadano extranjero, japoneses en la mayoría. Cuánto fogonazo sale de las cámaras fotográficas. Cuánta fragancia a lavanda y cabellera limpia. Cuánto hedor a ropa interior sucia y excremento seco.

Cuidado con acusarme de puerco.

No desprecio al mamífero paquidermo doméstico de la familia de los suidos, que mide unos siete decímetros de alto y aproximadamente un metro de largo, de cabeza grande y orejas caídas. Pero, me hieren las acusaciones de puerco cuando confieso el deleite ocasionado por las materias podridas. Entonces, ¿qué dirán del león?

Nada entusiasma más al corpulento mamífero que comer intestinos de gacela o jirafa, de ciervo o ñu, los animales que despieza con mayor frecuencia. El rey de la selva aparta los intestinos para saborearlos como postre, dejando que el sabor a mierda lo emborrache. Y no se trata de mierda curada de su hedor funesto por el paso de los días. Se trata de mierda acabada de almacenar en el intestino, de mierda fresca. Yo, animal de gustos menos exóticos que el león, me conformo con una ración triple de helado de vainilla como postre. Eso sí, almibarada con cucharadas de chocolate belga.

Retorno al tema de las escapaditas veraniegas.

56

Frecuento el Salón Rojo, el Salón Azul, el Salón Verde, aun cuando Daddie Dearest recalca, con el dedo índice de la mano zurda, que nada debo buscar por allá. ¡Como si un perro atendiera tan flacas razones!

Haciendo caso omiso al dedo me desplazo hasta el Salón Vermeil. En llegando, inhalo el olor a caoba añeja que despide la mesa en el centro del salón. Después que el olor a caoba me congestiona los pulmones, me siento a apreciar los retratos de las exquisitas primeras damas que decoran las paredes. Después inhalo los olores del óleo sobre la tela, los olores de la doradura por los marcos, los olores del polvillo que cristalizó el paso de los años.

¿Para qué traigo a colación esto? Para recordar que tengo una vida intransferible, que la sed de vagabundez me ciega, aun siendo Primer Perro. Para reafirmar las obligaciones propias de mi especie y rango.

1. Dejarme sobar la barriga.
2. Mantener a raya las pulgas y las garrapatas.
3. Deglutir *snacks*.
4. Revolcarme en alguna inmundicia.
5. Encarrilar los instintos básicos.

6. Combatir el *tedium vitae*.

7. Tolerar al gato Socks.

¡Una pregunta así da escalofríos!

La contesto en honor de las reglas democráticas.

No, el rostro de la bella señorita Lewinsky no lo avinagraba la culpa tras la *emissio seminis* desembarcar en su boca de grana. La culpa tampoco enturbiaba el rostro de mi amo. ¿Por cuál violación al decoro la culpa iba a avinagrar sus rostros? Ambos, mayores de edad, consentían al encuentro. Además, la puerta del Salón Oval permanecía cerrada.

Juro, por mi madre, que no comprendo la pregunta.

57

¿A qué se me iba a invitar?

Cuando entonces yo no parecía un enjambre de alambres. Cuando entonces yo era incapaz de descifrar las implicaciones políticas de aquella novela de una sola palabra. Mi presencia en el Salón Oval equivalía a la de una lámpara Tiffany sobre cualquier escritorio. Los amantes no sospechaban que, un buen día, los sabios de la Universidad de Harvard me humanizarían y arrancarían los secretos de sus amoríos fugaces.

Por favor, sean congruentes a la hora de sospechar. Resulta inaudito acusar a mi amo y la bella señorita Lewinsky de exposiciones indecorosas frente al Primer Perro. No se produjeron aberraciones ni se produjo más ensamblamiento que el informado. No se me invitó a participar de las fiestas rumbosas al sur del ombligo. Sí, la bella señorita Lewinsky seguía siendo una flor de tentación después de hacer lo que hacía. Sí, mi amo se retocaba la cabellera después que la bella señorita Lewinsky le hacía lo que le hacía. Sí, mi amo se despedía de la bella señorita Lewinsky con un beso descomprometido.

Ustedes me malhumoran. Pero, con independencia de que la ley reconozca su derecho a malhumorarme, les aconsejo pensar dos veces antes de preguntar. La estupidez también se divulga en las preguntas que hacemos. De cualquier modo, en ánimo de disipar falsas premisas o interpretaciones viles, contesto. Pero, mirando con obstinación la pata izquierda donde se luce un Rolex.

¿Iba a permitir el presidente de la nación esencial del universo que su órgano de animal macho lo agasajara quien no fuera una mujer despampanante? Si mi amo hubiera accedido a dar batalla a cuantas damas le miraban la bragueta se hubiera paralizado la rama ejecutiva. He visto a no sé cuántas damas pugnar por escurrirse debajo de mi amo. He oído a no sé cuántas insinuarle la disponibilidad de sus pezones erectos. He oído a una hiperseñorona, presidenta del club más exquisitoide de la Nación Esencial del Universo, susurrar: *Señor Presidente, pequemos en nefando.*

Si yo fuese un perro interesado en el dinero, vendería a cualquier editorial los comentarios sediciosos de las damas, sobre la irregularidad del Primer Pene, como lo llamaban entre risitas. Una irregularidad que, dicho en defensa de mi amo, ninguna consideró obstáculo a la hora de batallar.

¡Eviten la tos reaccionaria!

58

Contéstense ustedes mismos si los Honorables Franklin Delano Roosevelt, Dwight David Eisenhower y John Fitzgerald Kennedy, respectivos trigésimo segundo, trigésimo cuarto y trigésimo quinto presidente de los Estados Unidos de Norteamérica, entrarían en carnalidad con quienes no fueran hembras despampanantes, encima de creativas a la hora de coitar. El poder y la seducción son el anverso y el reverso de una misma moneda, lo aprendí de la oración que reza Daddie Dearest apenas el día principiar: *El sexo nuestro de cada día dánoslo hoy más audaz que ayer, flamígero de principio a fin, libre de tiquismiquis. Haznos amantes inventivos, para maravillar al cuerpo que yace junto a nosotros. Y danos poder, que es darnos seducción. Amén.* El poder supera a la mandrágora y la yohimbina como referencia afrodisiaca. El poder político, el poder económico, el poder religioso son seducciones históricas: reyes, banqueros y papas encabezan las listas de los amantes más codiciados.

¡No se subleven!

¿Depongo para consumo de los pterodáctilos voladores y los dinosaurios, los iguanodontes y los dragones, los hipogrifos y los basiliscos? ¿Depongo para consumo de los unicornios, las esfinges y los tiranosaurios rex? ¿O resulta que ni siquiera depongo ante animales prehistóricos? ¿O no los conozco, aun cuando llevo testimoniando un día completo y un buen pedazo de noche? Por lo menos, como se conoce a una persona: el más incompleto, cuesta arriba y elusivo de los conocimientos. ¿O debo aceptar que converso con veintiún enfermos de ingenuidad patética?

Minutos atrás recordé cuando me sentaba en el piso del salón Vermeil y se me soltaron los deseos de sentarme en un butacón de este recinto augusto. ¿Podría el Encargado de la Apariencia acercarme uno al podio y graduar los micrófonos a su altura? Minutos atrás hablé de sed de vagabundez y me dio sed de agua. ¿Podría el Encargado del Mantenimiento darme agua?

La corbata me estorba.

Encargado de la Apariencia, cuélguela del podio.

¿Qué sucede? Los Encargados de Mantenimiento y Apariencia no acuden a mi solicitud. ¿Dónde se han metido? Se supone que permanezcan a mi lado en todo momento. Me duele el disco duro. Me duele el cerebro electrónico. Me duele la voz de marioneta metálica.

Llevo horas ejerciendo de humanoide. Repasé cuanto el hombre representa para el perro y el perro para el hombre. Distinguí a varios perros iconográficos. Enumeré las contribuciones de los perros al bienestar y progreso del planeta Tierra. Denuncié a los cinco agentes encubiertos que me atropellaron. Detallé *qué* hacían el cuadragésimo segundo presidente de la Nación

Esencial del Universo, el Honorable William Jefferson Blythe Clinton y la bella señorita Lewinsky durante sus encuentros furtivos. Caí en la indiscreción para satisfacerlos a ustedes.

¡Por favor, no se desmadren! ¡Todos estamos impacientes, yo más que nadie! Impaciente por salir corriendo hacia las avenidas Constitución e Independencia y ladrar en señal de desafío.

59

Aún impaciente por correr y ladrar, mando se personen los Encargados de Mantenimiento y Apariencia. Debo volver esta noche a Casa Blanca, el lugar más soledumbroso del mundo, según el vigésimo séptimo presidente de la nación norteamericana, el Honorable William Taft. Supongo que me acompañarán el neurofisiólogo, el teórico del comportamiento perruno y el endocrinólogo, libres ya de los disfraces de sacerdotes y chófer. Quiero celebrar el ascenso a humanoide junto al resto de la Primera Familia y hasta con el gato Socks: la gloria me autoriza a ser compasivo.

¡Volver a Casa Blanca!

Mi amo, la exquisita Primera Dama Hillary y la adorable Primera Hija Chelsea sufrirán sendos micro infartos del miocardio al verme y oírme. Una vez se recuperen y sepan del experimento revolucionario celebraremos en el Salón Vermeil. Supongo que invitarán a brindar, con el mejor champán francés, al neurofisiólogo y al teórico del comportamiento perruno, al endocrinólogo y a Daddie Dearest, a los Encargados de Mantenimiento y Apariencia.

¿Verdad que parece embuste?

¡Sujetar una flauta de champán con la pata derecha!

Tras el brindis suplicaré una audiencia privada con mi amo para hablarle de tú a tú. Primero le expresaré mi confianza absoluta en que su presidencia se reconocerá como eminente, una vez se disipe la controversia inocua sobre el amorío fugaz. Después le expresaré la molestia con algunos aspectos de la humanización, empezando por la avería en el cerebro electrónico, continuando con la voz de marioneta metálica y terminando con el caminar. Después le expresaré la voluntad de adelantar una agenda de trabajo que incluya los renglones siguientes:

1. Escoger un cabildero que gestione la inclusión de mi nombre, apellido y rango en el Libro de Récords Guiness.

2. Señalar la fecha de presentar mi nuevo yo a los medios de comunicación del universo.

3. Acordar cuántos de los ciento treinta y dos salones integrantes de la Casa Blanca dispondré para mi uso exclusivo.

4. Censurar las películas atentatorias a la dignidad canina y hacer pública mi negativa a participar en escenas de desnudos sin valor artístico.

5. Contratar los abogados que defenderán el cúmulo de mis intereses, así como los relacionistas y guardaespaldas, así como los entrenadores de voz y los asesores de modales y los consejeros de inversiones a corto y largo plazo, así como los salarios que devengarán los Encar-

gados del Mantenimiento y la Apariencia: sin su auxilio yo sucumbiría.

Y hablando de los Encargados de Mantenimiento y Apariencia, ¿por qué abandonan sus deberes? Va siendo la hora de la aceitada, las reprogramaciones genéticas y el escaneo de los virus informáticos. Entiendo que se aparten a tomar un café. Pero, ¿cuánto tiempo toma tomarse un café? La noche apremia.

60

¡Horror!

Alguien desenchufó el escáner.

Para revertir la humanización basta con desenchufar el escáner de los virus informáticos: así de endebles somos los monstruos cibernéticos. Por eso sentía el cerebro eletrónico fragmentarse. Como si un cortocircuito impidiera el acceso de energía a los terminales de la memoria. Como si empezara a desaparecer a ritmo pacífico. Como si estuviera borracho. Por eso me invade el anhelo de salir a correr por las avenidas Constitución e Independencia, llevando una boca seca en la rama.

¿Dije llevando una boca seca en la rama?

Agradezco que se levanten de sus asientos. Pero, mejor vayan a buscar a los Encargados de Mantenimiento y Apariencia. Si cesa la operación de cuanto me humaniza, adiós volver a la Casa Blanca en plan de salvador del honor familiar. Adiós, para siempre, a la filmación en Colombia de *Buddy Clinton y el Tesoro del Pirata Morgan*, a la filmación en Jordania de *Buddy Clinton y la Lámpara Maravillosa*. Adiós, también, a la filmación en el desierto de Arizona de *Buddy Clinton Contraataca a Los Gatos Malvados*.

¿Dónde trabajan los sabios que me ascendieron?

¿Dónde queda Harvard?

¿Quedará en Chappaqua?

¿Sabe alguno de ustedes el número telefónico de los sabios? Debo avisarles que me tienta levantar la pata y mear en el tronco de un árbol, donde acaba de mear un meón que no tiene el güevo suficiente para suplantarme. Creí que el experimento revolucionario curaría dichas tentaciones. Encima, tengo ganas de ladrar, de menear, batir y girar el rabo hasta que mi amo me regañe: *Ya, ya, ya*. Encima tengo ganas de penetrar a Popea, a Titanic, a Norma Desmond. Montarlas a las tres en sucesión, sin ambages y a lo bruto, sin descansar entre las penetraciones.

La corbata me maltrata el cogote. ¿Estarán dejando de operar los transistores, los controles remotos, los electrodos? Sospecho que se está destejiendo la red neuronal y resquebrajándose el experimento revolucionario. Sospecho que estoy a punto de volver a caminar en cuatro patas. Necesito urgencia con ayuda.

¿Dije urgencia con ayuda?

¿Verdad que debí decir ayuda con urgencia?

¡Albricias!

Por fin reaparecen los Encargados de Mantenimiento y Apariencia. Y reaparecen lívidos, como si se supieran en falta. Lo están: sin el auxilio de ustedes yo sería un perro más. ¡Gracias por reaparecer!

Reaparecidos los Encargados de Mantenimiento y Apariencia, el Fotógrafo podrá tomar la fotografía emblemática del siglo veinte: el Primer Perro Buddy Clinton en su momento de esplendor, rodeado por los siete Ciudadanos Afectos a la Moral Sin Tacha, los seis Científicos, Poetas y Filósofos, los tres Técnicos de la Grabación, el Mecanógrafo y el Taquígrafo y los Encargados de Mantenimiento y Apariencia. Exijo al Fotógrafo que un enunciado del escritor francés André Bretón orle la fotografía: *Lo que hay de admirable en lo fantástico es que ya no hay nada fantástico, sólo hay realidad.*

Mientras el Fotógrafo calcula la distancia entre la lente y el objetivo y el grupo humano se configura a mi alrededor, exijo se investigue quién desenchufó el escáner de los virus informáticos. En lo que el Fotógrafo mide la luz exijo saber a quién van a meter en la jaula que los Encargados de Mantenimiento y Apariencia recién acaban de dejar a las puertas del salón augusto, con tan hipócrita indiferencia.

Epílogo
TREN NÚMERO UNO DE MANHATTAN

61

Ahora comprenderán los lectores por qué juzgué delirante y quimérico el personaje de Buddy Clinton en el prólogo, Avisos urgentes. Arruina el orden lógico de las palabras en la oración, siente el llamado insoslayable de la naturaleza perruna que creía bajo el férreo control cibernético y, aún así, manda que se lo retrate como emblema del siglo veinte. Además, sospecha que están dejando de operar los transistores, los controles remotos y los electrodos, que se está destejiendo la red neuronal y resquebrajándose el experimento revolucionario, que está a punto de volver a caminar en cuatro patas. Sin embargo, pregunta a quién van a meter en la jaula que los Encargados de Mantenimiento y Apariencia recién dejaron a las puertas del salón augusto con tan hipócrita indiferencia.

Pero, advirtamos: la fantasía, el delirio y la quimera no terminan aún de pronunciarse, si bien discurrirán por derroteros apenas trillados, a partir de este momento. Sin mayor demora cumplamos la promesa hecha unas ciento cincuenta páginas atrás, más o menos: narrar el modo como dio en mis manos la novela arbitraria *Indiscreciones de un perro gringo*. Después procederemos a revelar unos hechos que, a lo mejor, hipnotizan las entendederas del lector, como hipnotizaron las mías.

Todo ocurrió por obra y gracia del azar.

Viajaba a bordo del tren número uno de Manhattan, en dirección de City College, uno de los veintiún campus de la Universidad de la Ciudad de Nueva York, donde impartía cursos de literatura. Aprovechaba la mañana de los sábados para ir de librerías. Las horas restantes corregía exámenes, contestaba cartas y reflexionaba sobre las obras que se estudiarían las semanas próximas. La calma sabatina facilitaba dichas tareas. También la ubicación de mi oficina en un piso sexto. Serenaba contemplar a Nueva Jersey en la lejanía. Serenaba contemplar el río Hudson en la cercanía.

Último sábado del último abril del siglo veinte a las once de la mañana, estación ferroviaria de la calle Catorce. Madrugador empedernido, acababa de visitar la Macondo y la Lectorum, librerías consagradas a la literatura en idioma español.

A pesar de que el calendario indicaba que estábamos en la primavera, el invierno seguía azotando. Lo confirmaban las bufandas, los suéteres, los sombreros metidos hasta las sienes, las botas, así como las capas empapadas de agua. Porque, además de hacer un frío de usted y tenga, llovía sin escampar. De ahí que unos pasajeros irrumpieran en el tren con la capa de agua puesta, la sombrilla aún chorreando o deshaciéndose de los periódicos que los socorrieron. Y otros con el humor endemoniado y otros cantando y bailando *Mambrú se fue a Bagdad*. Una variopinta muchedumbre entra y sale del reino de la maravilla, a todas horas.

El reino de la maravilla tiene su corte viajera en los trenes subterráneos de Manhattan. Los idiomas español e inglés gobiernan, si bien una que otra lengua de circulación escasa puede escucharse también: el guaraní, el tagalo, el kurdo, el sefardí. ¡Una babel desplazándose entre rieles!

La flor y nata de los mendigos y los histriones, los locos mansos y los vendedores escenifican la maravilla. Y hasta expresan el agradecimiento en diferentes idiomas. *Thank you. Gracias. Gracies. Merci. Grazie tante. Domo arigato. Xiexie. Muito obrigado. Shukran Gazilan. Bolshoe Spasibo. Efharisto. Faleminderit. Danke. Dankuwel.*

Los usuarios regulares de los trenes subterráneos de Manhattan aconsejan obedecer un mandamiento: *No intercambies miradas.* Como si la mirada supusiera un compromiso amenazador. Aquel sábado el intercambio de miradas comprometió a la muchacha que cantaba y bailaba *Mambrú se fue a Bagdad* y a mí.

62

Dijo nombrarse Traicionada Gómez. Nadie pareció inmutarse. Si dice nombrarse Nefertitis Gómez, si dice nombrarse Homicida Gómez, si dice nombrarse Kilimanjara Gómez, nadie se inmuta: en los trenes subterráneos de Nueva York se practican la mudez, la ceguera y la sordera.

Yo me inmuté. Traicionada Gómez parecía nombre de corrido mexicano. Y a mí me entusiasman los corridos porque condensan largas tramas de amor y desconsuelo, en dos o tres estrofas.

Mambrú se fue a Bagdad relataba los conflictos amorosos entre Mambrú Vargas y Traicionada Gómez. La melodía respetaba la original aunque la letra difería. La previsibilidad de la letra pasaba a un plano secundario porque Traicionada Gómez ponía las vísceras en la interpretación, de un dramatismo a la ópera italiana: las concupiscencias de Mambrú Vargas parecían enfermarla. *Il bello neorrican,* como lo bautizaba, furiosa eso sí, era un panal de miel que atraía a cuanta mami se cruzaba en su camino: joven, labioso, seductor, incapaz de resistir a la mujer que requiere los socorros de un órgano de animal macho.

Me impresionaron el canto, el baile y el llanto de Traicionada Gómez. Me impresionó que el enchumbamiento no la desmereciera. El cuidado con que observaba sus habilidades debió traslucir simpatía. Cuando el tren se detuvo en la calle Treinta y Cuatro o Penn Station, la muchacha se dedicó a cantar, bailar y tristear *Mambrú se fue a Bagdad* sólo para mí. Los pasajeros restantes notaron la predilección.

Calculé que si me dedicaba a leer el *Cuaderno de Nueva York*, de José Hierro, la muchacha dejaría de cantar, bailar y tristear sólo para mí. Antes, sin saber si cobraba por cantar, bailar y tristear o trabajaba por amor al arte, le tendí un billete de cinco dólares.

El tren frenó al arribar a la estación de Times Square, en la calle Cuarenta y Dos, y arrancó de sopetón. Los pasajeros de pie se remecieron unos, otros se estrellaron contra los pasajeros sentados, todos se quejaron de la brusquedad del conductor, del frío, de la ventolera, del agua.

63

Con una calma que nada bueno presagiaba, Traicionada Gómez rompió el billete de cinco dólares y se aplicó a injuriarme y maldecirme. Furioso conmigo mismo por haber desacatado el mandamiento *No intercambies miradas,* siendo como soy un antiguo usuario del tren número uno de Manhattan, guardé el poemario en el maletín y traté de desentenderme de la bronca. Pero, la muchacha injuria que te injuria y maldice que te maldice, todavía a la altura de la estación de la calle Cincuenta. Decidí mudarme de vagón en la parada próxima.

Apenas el tren se detuvo y abrió las puertas, me incorporé a la multitud arracimada en el andén de la estación Columbus Circle y calle Cincuenta y Nueve. Venía a parar en contradicción salir del tren número uno de Manhattan, incorporarse a la multitud y reingresar en el tren número uno de Manhattan. Pero, qué no hubiera hecho por librarme de aquella chiflada.

La multitud pugnaba por entrar, bien con la capa de agua puesta, la sombrilla aún chorreando, deshaciéndose de los periódicos que la socorrieron, con el humor carcajeante o endemoniado. La multitud armaba el zipizape: unos insultaban a su propia sombra, otro, hierático, sujetaba diez bolsas de papel con los diez dedos de las manos.

Traicionada Gómez me descubrió a lo lejos. La necesidad de desquitarse de una ofensa, que moriré sin haber comprendido, la obligaban a perseguirme, utilizando el odio como rosa de los vientos.

El tren número uno de Manhattan cerró las puertas y la multitud resolvió abrirlas. Protegido por el maletín me escurrí en el vagón y senté donde no había lugar. Desde tan precario asiento vi cómo Traicionada Gómez pretendía colarse en el vagón con los modales de una bestia. En vano quiso apartar al rabino que la censuró a gaznatada y sopapo. Corrió a otra puerta y no pudo desatar a una pareja lesbiana atada por un beso implacable. Corrió a la tercera puerta del vagón y porfió a ir por encima de un caballero de rasgos asiáticos y contextura frágil, que sujetaba diez bolsas de papel con los dedos de las manos. Como si fueran las alas de una obstinada ave jurásica, el caballero desplegó los brazos y selló la entrada, dando al traste con la persecución de Traicionada Gómez.

64

El tren salió disparado.

Confucio, nombre que endilgo al caballero asiático, parecía a punto de esfumarse, no sé si por el cansancio, el hastío o el retardo de la primavera. En callada reciprocidad, le ofrecí medio asiento. Musitó las gracias sin sonreír y procedió a alisarse la sola hebra de cabello que le bajaba hasta la cintura. Después agrupó cinco bolsas al costado izquierdo y cinco al costado derecho. Llevaban impreso el logo de la tienda Macy's– una estrella roja sustituye el signo ortográfico de propiedad, remedo del tatuaje que el señor Rowland Hussey Macy ostentó en una mano desde cuando muchachón–. Acabé cediéndole a mi salvador la otra mitad del asiento.

Confucio agrupó las diez bolsas con parsimonias tediosas. Después, ocultó su contenido bajo unas servilletas de tela ocre subido y flecos violáceos. Me dije para los adentros socarrones: ¿contendrán porcelanas de Sevres, ajorcas del Museo de Oro de Bogotá, vasos cilíndricos de la dinastía Ming?

Bastó a los pasajeros, sentados a derecha e izquierda, observar las parsimonias tediosas para levantarse y ceder sus asientos a las diez bolsas. Confucio estranguló un bostezo, parpadeó y comenzó a ejecutar una sinfonía de ronquidos, digna de traslado al pentagrama.

El tren avanzaba como una centella.

Escarmenté a la fuerza: el resto del viaje a City College me mostré indiferente a los soliloquios de un loco manso que profetizaba una sangrienta huelga de ángeles de la guarda y a las recitaciones inconexas de un histrión mediocre.

A pesar del escarmiento me interesó la versión en reguetón del himno de los Estados Unidos de Norteamérica, hecha por un afroamericano que sobrepasaba los siete pies de alto y otro que no sobrepasaba los cuatro. Previo a reguetonear se libraron de unos inmensos sombreros de copa, hicieron una reverencia y trompetearon sus nombres: Alex The Maximum, Alex The Minimum. El resto del viaje observé el mandamiento *No intercambies miradas*.

65

¿Cómo lo hice?

Inspeccionando las diez bolsas de papel.

Unos cintillos grasosos las manchaban. Las manchas eran recientes. Cuando Confucio desplegó los brazos, como si fueran las alas de una obstinada ave jurásica, las diez bolsas se veían inmaculadas. Si ahora transpiraban grasa contenían cualquier cosa menos porcelanas de Sevres, ajorcas del Museo de Oro de Bogotá, vasos cilíndricos de la dinastía Ming.

¡Maldita sea!

Tanta inspección para averiguar que cientos de galletitas de la fortuna, un obsequio indispensable en los restaurantes orientales, atiborraban las diez bolsas. Se nombran así pues esconden en el vientre, pequeñín y juguetón, un mensaje benéfico, de aliento. *Goza hoy por si mañana sufres. Analiza menos y vivirás más. Escoge los problemas que vas a tener. Sonríe a todo y calla.*

El tren frenó al llegar a la estación de la calle Noventa y Seis, donde se enlazan los trayectos del Bronx y Manhattan. Los pasajeros de pie nos remecimos, estrellamos contra los pasajeros sentados, protestamos del frío de usted y tenga y de la ventolera, de la lluvia sin escampar y de los coletazos del invierno.

Solamente Alex The Maximum y Alex The Minimum se abstuvieron de protestar. Infatigables, siguieron bailando y cantando y taconeando el reguetón patriótico. Y recogiendo las recompensas con los sombreros de copa. Y dando las gracias en diferentes idiomas.

Ambos trenes compartían la plataforma en la estación de la calle Noventa y Seis. Se estacionaban uno frente al otro. Aún así, a pesar de la costumbre, los pasajeros listos a egresar del tren número uno de Manhattan e ingresar en el tren número cuatro del Bronx protestaron del poco tiempo asignado a lo uno y lo otro.

Las puertas automáticas se abrieron.

Entre refunfuños los pasajeros consumaron la hazaña de salir del tren número uno de Manhattan y entrar en el tren número cuatro del Bronx. Consumaron la hazaña, también, el loco manso y el histrión mediocre.

66

Ahora toca narrar el episodio más increíble acontecido en los trenes subterráneos de Nueva York, desde cuando comenzaron sus operaciones. Que fue el jueves veintisiete de octubre del mil novecientos cuatro, a las siete en punto de la noche.

Resumo el episodio increíble.

Las puertas automáticas se cerraron.

Confucio se restregó los ojos apenas el tren salir de la estación de la calle Ciento Tres. La siesta y la interpretación magistral de la sinfonía para ronquidos le aprovecharon, pues sonrió, por primera vez, en todo el viaje. Se puso de pie, alisó la sola hebra de cabello que le bajaba hasta la cintura y extendió los diez dedos de las manos, cosa de sujetar las diez bolsas de papel y preparar la salida.

Algo le chocó.

Una de las diez bolsas superaba el peso de las otras y no conseguía levantarla con un dedo. La contextura frágil de Confucio se fragmentó, como se fragmenta el cerebro electrónico de Buddy Clinton en las postrimerías del texto que nos ocupa.

La furia le surtió los poros, los capilares, el nervio ciático, los plexos solar y sacro. Barboteando injurias y maldiciones, Confucio catalogó de robo lo que debió ser una lamentable equivocación. Causó la equivocación, o la permuta inintencionada, la hazaña de entrar y salir del tren en la estación de la calle Noventa y Seis, donde se enlazan los trayectos del condado del Bronx y el condado de Manhattan: en el revolú las manos se confundieron y agarraron bolsas de papel que no le pertenecían.

Confucio restalló la bolsa de papel ajena contra el piso del vagón. En la estación de la Universidad de Columbia y calle Ciento Dieciséis huyó del tren, arrastrando las nueve bolsas suyas. Huyó, también, una buena fracción de los pasajeros, incluidos Alexis The Maximum y Alexis The Minimum, bailando y cantando y taconeando el reguetón patriótico.

A su prisa por abandonar el tren sucedió la mía por averiguar el contenido de la bolsa con el logo de la tienda Macy's. Estaba en perfectas condiciones. También ocultaba su contenido una servilleta de tela ocre subido y flecos violáceos: ¿vendría del parecido exacto de las servilletas la confusión y la permuta inintencionadas?

Aparté la servilleta. Con parsimonias tediosas extraje la voluminosa copia mecanografiada de *Indiscreciones de un perro gringo*. El título me espoleó la curiosidad. En las cercanías de la estación del City College, calle Ciento Treinta y Ocho y Avenida Broadway, la devolví a la bolsa y oculté con la servilleta.

Salí del tren no sé cómo.

Llovía a raudales.

67

Arrepeché por la empinada Ciento Treinta y Ocho, crucé la Avenida Convent y enfilé hacia el edificio de Filosofía y Letras del City College. Ya en la oficina, coloqué la bolsa y el maletín sobre un archivo de metal verdusco. Colgué la capa de la puerta, sequé las manos en los pantalones de lana y me limpié la cara con papel toalla. Después, me arrellané en la butaca. Dejándome tranquilizar por la contemplación de Nueva Jersey en la lejanía y el río Hudson en la cercanía, puse a un lado la servilleta de tela, y extraje la voluminosa copia mecanografiada.

Con razón el dedo flaco de Confucio no consiguió levantar la bolsa que la transportaba. La coloqué sobre el escritorio. Si el título era curioso, más era verlo escrito con lápiz labial. Si sorprendía el albedrío irreverente de manuscribir el título con un lápiz de labios rojo, más sorprendía la omisión del nombre del autor.

La curiosidad se transformó en agrado mientras leía las páginas primeras, regocijo mientras me arrastraba el huracán de las prosiguientes y fastidio cuando vislumbré el término del agrado y el regocijo. No bien orquestarse *la fotografía emblemática del siglo veinte*, retorné a la escena cuando Buddy Clinton se describe como un *enjambre de alambres*.

Abandoné City College la madrugada del domingo.

Pierdo la cuenta de las veces que leí la novela arbitraria, como creí procedente cristianarla: la voz arrojadiza de un perro, inmodesto en exceso, hilvana unos episodios suculentos, como marco del *affair* que sostuvieron el Presidente Clinton y la señorita Mónica Lewinsky.

Pierdo la cuenta de las veces que me escoció ignorar el nombre del autor: libre, arriesgado y provocador. Pues libertades, riesgos y provocaciones despilfarra quien se atrinchera en la realidad a la hora de convocar la fantasía: en *Indiscreciones de un perro gringo* nadie viaja en escoba aérea, nadie vacaciona en el planeta Neptuno, nadie se invisibiliza a ratos. Aparte de que la humanización de Buddy Clinton no yerra ni desafina por un segundo.

Ya que hablo de la realidad como trinchera, considero inexcusable que el autor pasara por alto los ecos parisinos resonando por la capital norteamericana, sueño y plasmación del ingeniero francés Pierre Charles L'enfant, durante los años finiseculares del siglo dieciocho.

Joya urbana engarzada por jardines y parques que propenden a apaciguar la mente, joya dignificada por la sucesión concorde de estatuas y monumentos, en Washington se amontonan los edificios de macicez imponente y trazo parisino. A esa maqueta básica debe responder el edificio misterioso donde ubica el *salón augusto*.

A propósito de Washington y sus derredores, pongo en tela de juicio que Buddy Clinton galopara desde la Casa Blanca, localizada en la Avenida Pennsylvania, número mil seiscientos, hasta el Memorial de Iwo Jima, localizado en Arlington, jurisdicción de Virginia. Dada la distancia que recorrió, dada la energía que invirtió en la galopada, ¿cuáles bríos le sobraron al amante cuadrúpedo para efectuar la monta?

68

Durante semanas no me cansé de especular cuáles distracciones ocasionaron la permuta inintencionada de una bolsa de galletitas de la fortuna y otra que contenía una voluminosa copia mecanografiada: Confucio era responsable de las diez bolsas repletas de galletitas de la fortuna, pero ¿quién asumía la responsabilidad de la bolsa con la voluminosa copia mecanografiada?

Rehén de una obsesión, decidí encontrar al autor, felicitarlo por la escritura de una novela rompedora de formas y darle las gracias sinceras: nada tan liberador como un canto férvido a los placeres desobedientes. Quería, también, contarle el episodio más increíble acontecido en los trenes subterráneos de Nueva York y echarle en cara el escribir el título de su novela con un lápiz de labios rojo y olvidar escribir el suyo. Quería convencerlo de avanzar a publicarla tras reducir su extensión. Un abrazo efusivo culminaría la devolución de la voluminosa copia mecanografiada, hallada en el tren número uno de Manhattan.

Idos el frío primaveral y los chubascos vagarosos, terminadas las clases en City College, pareció llegar la hora de buscar al admirado autor sin nombre. Me pregunté qué haría en situación parecida Colombo, as de los sabuesos televisivos. Me respondí que se detendría en la obviedad y escarbaría las nimiedades.

En concordancia, rastreé los suplementos literarios del *New York Times* y el *Village Voice*. Me encandilaba la idea de hallar uno que dijera *Perdida en el tren número uno de Manhattan una novela con el título Indiscreciones de un perro gringo*. No hallé tal anuncio clasificado.

Visité los veintiún campus de la Universidad de la Ciudad de Nueva York y los de otras universidades de la Gran Manzana. Husmeé en los tablones de edictos de los departamentos de literatura. Soñaba toparme con la súplica *Favor de devolver voluminosa copia mecanografiada de relato sobre un Primer Perro, perdida en el tren número uno de Manhattan*. No me topé con la súplica.

Impertérrito, cambié la agenda de rastreo.

Daría con el autor a cualquier precio.

69

Cuando el verano empezaba a arreciar visité la Sección de Objetos Perdidos y Hallados en los Trenes de Nueva York. Radica en la mole que comparten el Madison Square Garden y la *Pennsylvania Station*, la parada ferroviaria donde Traicionada Gómez comenzó a cantar, bailar y tristear sólo para mí. Farsante, indagué por una voluminosa copia mecanografiada que se extravió en el tren número uno de Manhattan, allá por el mes de abril. Deporte, nombre que endilgo al encargado, no me miró. Absorto como estaba en la transmisión del torneo de Wimbledon, contestó que nadie había hallado una voluminosa copia mecanografiada así y asau.

Salí con el rabo entre las patas.

Pero, volví.

A mediados de agosto, mientras observaba la transmisión del campeonato de golf, Deporte contestó que los objetos perdidos se decomisaban pasados los treinta días de almacenaje. A finales de agosto, mientras observaba la transmisión de las carreras de automóviles y a últimos de septiembre, mientras observaba la transmisión de los partidos de béisbol, contestó lo mismo.

¿Sería yo un cazador de fantasmas?

Cuando estallaron los oros de octubre tuve la peregrina idea de recrear el ir y venir de las galletitas desde cuando Confucio las transportó, en el tren número uno de Manhattan, hasta cuando fueron desviadas en el tren número cuatro hacia el Bronx. Por el hilo se llega al ovillo: alguien recordaría a quien regaló cientos de galletitas de la fortuna por las bodegas situadas en la avenida Prospect, la avenida Wakefield, la avenida Crotona.

Hube de ir a la tienda Macy's.

La casa matriz sigue en el lugar original desde mil novecientos dos: calle Treinta y Cuatro y avenida Broadway. Ocupa sobre dos millones de pies cuadrados y en sus trescientos mostradores se vende de todo y algo más. Me detuve en diez de los trescientos mostradores. Conseguí diez bolsas de papel con el logo de la tienda. Guardé nueve en una de ellas, retomé el tren número uno de Manhattan y continué hacia Chinatown.

Crucé el mercado de la piratería, donde se vende la mercancía *copiada* a los grandes maestros de la moda universal, a precios de quemazón. Desde las gafas de sol diseñadas por Pierre Cardin hasta los abrigos de visón diseñados por los peleteros Trussardi. Zigzagueé entre los quioscos de las gallinas vivas colgadas por las patas y los cochinillos acabados de degollar, los expendios de kimonos y dragones de papel.

Haciéndole caso al olor a vainilla recalé en una callejuela estrecha, paralela a *Courtland Alley*, cuyo único edificio servía de hogar a la Compañía Manufacturera de Galletitas de la Fortuna.

70

Madame Pong atendía el emporio galleteril. Como si atender el emporio fuera poca tarea escribía los mensajes alentadores que preñaban los vientres de las galletitas. Recitó algunos sin yo solicitarlo: *Lo que no tiene remedio, remediado está. Ni tanto ni tan poco. Ocúpate de callar. Sé tú.*

Las perlas falsas del prendedor, inseguro en la cumbre del escote, caligrafiaban el apellido Pong y el tratamiento de madame. Cuando le entregué las diez bolsas preguntó dónde trabajaba. Contesté que en el *Crisantemos de Pekín*, en el Bowery. Pormenoricé que el teatrito de la *Amato Opera Company* se apreciaba desde una mesa del *Crisantemos de Pekín*.

Madame Pong se enguantó y abarrotó las diez bolsas con galletitas de la fortuna. Pagué de buena gana, como de buena gana acepté su recomendación de ocultarlas, por razones de higiene, con las servilletas de tela ocre subido y flecos violáceos que ella me vendería, sin ganarse un centavo: *Las compro en Macy's por cajas.* Expandí brazos y manos, coloqué los diez dedos, como si fueran ganchos de colgar, e incliné la cabeza a manera de despedida. En la acera me alcanzó el mensaje alentador de Madame Pong: *Mentir hace más daño que fumar.* Le respondí: *Yo no fumo.*

Bajé a la estación de la calle Canal, arteria principal de Chinatown. Un hombre de acento colombiano y catadura beata inquirió si yo era el Santo Cristo de las Galletitas. Haciendo caso omiso ingresé al tren número uno de Manhattan.Tuve lugar de sobra para sentar cinco bolsas a la derecha y cinco a la izquierda. Llegué, sin dificultades, a la estación de la calle Noventa y Seis, donde transbordé al tren número cuatro del Bronx y proseguí a las avenidas Prospect, Wakefield, Crotona.

En sucesión ininterrumpida entré a las bodegas de nombres ingeniosos: Morir Soñando, de propietario dominicano; Puebla York, de propietario mexicano; Donde Evangelina, de propietaria puertorriqueña. En las tres bodegas fui el Santo Cristo de las Galletitas: aquí las repartí, allá sugerí leer las reflexiones que preñaban sus vientres pequeñines y juguetones. Causaron revuelo. *El pollo y el marrano se comen con la mano. Un diente vale más que un diamante. La vida nos ocurre solamente una vez. Puede el que se atreve.*

Nadie aludió a quien, meses antes, repartió una bolsa de galletitas de la fortuna, encontrada en el tren número cuatro del Bronx. Salí de la bodega Donde Evangelina libre de bolsas y huérfano de galletitas. Abordé el tren número cuatro en la Avenida Prospect. Llegué a la estación de la calle Noventa y Seis, transbordé al tren número uno de Manhattan y regresé al apartamiento de la calle Cincuenta y Ocho.

¡Otra modelo de pesquisar se hacía añicos!

Pero yo erre que erre.

71

Una mañana de noviembre y brisa que cortaba la piel anuncié por la *internet* el Encuentro Global de Escritura Sobre Primeros Perros. Sugerí los temas a trabajar.

Las aportaciones a la grandeza norteamericana de la soviética Pushinka Kennnedy, el belga King Tut Hoover y la francesa Bergere Jefferson. La biografía de los perros que se vieron arrastrados a conflictos políticos, como Veto Garfield y Laddie Boy Harding, Él y Ella Johnson, Vicky Nixon, Pasha Nixon y King Timahoe Nixon, Liberty Ford y Buddy Clinton. El adentramiento en la vida de los perros considerados emblemáticos. Perite, el de las guerras persas. Fido Lincoln, el de la gesta abolicionista. Boatswain, el inspirador de un poeta eximio. Rin Tin Tin, el ídolo de matineé. Laika, la viajera interplanetaria. En ánimo de provocar al fantasma admirado anuncié que leería pasajes de la novela *Indiscreciones de un perro gringo*.

Respondieron perrólogos de los siete continentes. Respondieron perristas asentados en los catorce millones de kilómetros que suman los hielos eternos del Polo Norte o la región ártica y los trece millones de kilómetros que integran el Polo Sur o la Antártida. Nadie objetó la lectura. Nadie amenazó con demandarme por usurpación de paternidad literaria.

La desilusión me golpeó y de qué manera.

Sin embargo, el consuelo siguió a mi alcance en diciembre y enero. Antes de acostarme volvía a leer la protesta extravagante de los animales prehistóricos frente al arca de Noé. Luego de levantarme repasaba las conductas estrafalarias de los gángsters perfumados. Si regresaba al apartamiento, a media tarde, repasaba cualquier trozo. Digamos que el trozo donde se emparentan los placeres desobedientes y el éxtasis místico: *Cuando mi amo sometía el órgano de animal macho a la evaluación ponderada de la bella señorita Lewinsky, el cuerpo parecía sobrarle y el alma flotarle.*

72

Llegando febrero nevó tres días sin parar. La nevada alteró cuanto era habitual: las clases universitarias, la transportación pública, la búsqueda sin cuartel del fantasma admirado. Injurié y maldije con la rabia que injurió y maldijo Traicionada Gómez. Hubiera pateado los muebles si no recurro a la lectura, en voz alta, del perfil del perro perrero. Los vecinos de apartamiento me encomiaron la dicción. A la derecha, una chilena de Valparaíso a quien Augusto Pinochet le jodió la existencia: *Qué fraseo limpio y qué timbre poderoso.* A la izquierda, un instructor cubano de ballet, aficionado a frecuentar doncellas anoréxicas: *Usted tiene que haber hecho el aprendizaje en el conservatorio teatral más noble del mundo, el Old Vic londinense.*

Al tercer día las autoridades municipales fundieron la nieve y la sal. Los azules flameantes se adueñaron de la bóveda celestial y los aires benignos completaron el despejo. Romper el encierro no era aconsejable. Pero, armado de abrigo, guantes y bufanda, me encaminé al *Central Park,* ya despuntando el mediodía. Los azules flameantes y los aires benignos me curaron las ganas de injuriar y maldecir.

El apetito de vivir podía tocarse. Los amos, envueltos en abrigos, guantes y bufandas, volvían a pasear a sus perros, abrigados también: los abrigos no les impedían rastrear el hedor del meado ajeno, hocicar la nieve, cagar al aire libre en el confín de una página de periódico. ¿Estaría junto a mí el admirado autor sin nombre, sacando a pasear a un basenji nipón o un slogui árabe, un malamute de Alaska o un pastor de Chiribaya?

Y es que el *Central Park* se confundía con una perrópolis: las ochocientas treinta y cuatro variantes de la raza perruna parecían citarse allí. Y es que el número de perros gringos sobrepasa los setenta millones: la cifra le robará el sueño a más de un gato.

El apetito de vivir y la condescendencia de los amos a dejar que los perros recorrieran trechos desacostumbrados hacían parecer irreal la realidad. Por doquier se veían rabos que titilaban. Por doquier se veían orejas que se alertaban. Por doquier se veían fosas nasales que husmeaban. Por doquier se oía a los amos consultar a los perros, con el mayor desenfado, como si fueran personas: *¿No será hora de dejar de pasear? ¿Qué te parece si echamos una siestita? Cuando lleguemos a casa me vas a explicar qué rebuscabas en la nieve con tanto ahínco. ¿Olvidaste que mañana nos toca la sesión de acupuntura? Me comería un burrito, ¿y tú?*

Los medio diálogos rezumaban convicción.

Y, aun cuando los perros se reservaran el parecer sobre la siestita y la explicación de lo que rebuscaban en la nieve con ahínco, aun cuando callaran si olvidaron o no la sesión de acupuntura y si se comerían un burrito, en sus miradas sagaces e intensas aleteaba una irrefrenable vocación de palabra. Cuajándose hacía cuarenta millones de años, los cuarenta millones de años que llevan el hombre y el perro conciliando la servidumbre mutua, la irrefrenable vocación de palabra terminaría por hallar curso el momento menos pensado y acabaría traspasando la frontera del hocico animal.

Frené de sopetón.

Una sospecha me apuñaló el alma.

Me eché a un lado, cortés y urbano, como lo hicieron Noé y Noelia cuando los crustáceos y moluscos subían la escalera en ruidosa comparsa y los rumiantes bajaban en pandilla atolondrada. Con una sonrisa a medias cedí el paso a la pareja que formaban una dama y un *cocker spaniel*. Mordiéndome el labio inferior cedí el paso a una pareja formada por un caballero y un *bichon frisé*. Comiéndome las uñas cedí el paso a un quinteto de atletas que trotaba junto a un quinteto de *collies*. Tembloroso, cedí el paso a la sospecha que me apuñaló el alma y obligó a frenar. La magnitud de la sospecha reclama un párrafo aparte.

Indiscreciones de un perro gringo no era una novela rompedora de formas, o un canto férvido a los placeres desobedientes, escrito por un autor libre, arriesgado y provocador. Tampoco era una novela arbitraria. Contra toda evidencia, contra todo pensamiento decantado por la lucidez, *Indiscreciones de un perro gringo* era, en realidad, la testificación auténtica de un perro. Una realidad que se hacía, de repente, ajena a la discrepancia: la irrefrenable vocación de palabra halló el curso y traspasó la frontera del hocico de Buddy Clinton.

Temí por mi estabilidad mental.

73

Salí corriendo del *Central Park*, sin preocuparme de resbalar y caer sobre el lomo de algún perro o a los pies de algún dueño de perro. Mientras corría vi, a lo lejos, la fachada del hotel Plaza y la estatua ecuestre del General José de San Martín. Dejé atrás cinco o seis calesas a la espera de clientes, más cinco o seis ventorrillos de nueces tostadas, de manzanas caramelizadas y de camisetas con el lema *I love New York*, tendiéndose como un medio arco sobre las siluetas del *Empire State Building* y la Estatua de la Libertad. Dejé atrás cientos de parejas de persona y perro. Con la lengua afuera de tanto correr, huyéndole a la sospecha que me apuñaló el alma, desemboqué en la avenida de las Américas, frente a otro hotel del señor Donald Trump. Avancé una cuadra y giré hacia el edificio en la calle Cincuenta y Ocho donde vivía. Saludé al recepcionista paquistaní con gesto impreciso y entré en el ascensor: sudoroso, hecho un manojo de nervios, con la respiración entrecortada.

Abrí y cerré la puerta de la caverna con dos vueltas de llave, pasé el pestillo, recosté una silla de la puerta cerrada, aseguré las fallebas de las ventanas. Padecía de miedo, pero no, de estupidez: la copia de la testificación auténtica de un perro bonafide, un perro de carne y hueso, triplicaba el precio a pedirse por una bolsa abarrotada de porcelanas de Sevres, ajorcas del Museo de Oro de Bogotá y vasos cilíndricos de la dinastía Ming.

Me acosté en el sofá-cama.

Si temí por mi estabilidad mental cuando cedí el paso a la idea que me apuñaló el alma, ahora temía por mi integridad física: quien supiera del tesoro en mis manos lo querría para sí, aun pasando sobre mi cadáver. De los traficantes y los ladrones de pinturas algo se sabe. Mas, poco se sabe de los traficantes y ladrones de incunables y manuscritos clásicos, de cartas famosas y autobiografías inéditas y explosivas.

Si temí por mi integridad física, cuando repasé la capacidad destructiva de los ladrones de incunables y manuscritos clásicos, de cartas famosas y autobiografías inéditas y explosivas, ahora temía por mi integridad espiritual. El triunfo pleno del experimento revolucionario, que se corroboraría en la presentación del nuevo yo de Buddy Clinton a los medios de comunicación, presentación que supuse haría el Presidente Clinton, fulminaría la capacidad de tolerancia de la mayoría absoluta. Una mayoría negada al reemplazo de los *designios divinos*: si el perro fue creado para acompañar al amo y obedecerlo, el hecho de inducirlo a hablar, razonar y discrepar equivale a lastrarlo con una monstruosidad endeble, inútil y cruel. El mismísimo Buddy Clinton lo comentó, en términos visionarios.

Una vez asentado en la caverna, como descalificaba al apartamiento, extraje de la bolsa la voluminosa copia mecanografiada de *Indiscreciones de un perro gringo.* La emoción me robó el aliento cuando llegué al enunciado del escritor francés André Breton: *Lo que hay de admirable en lo fantástico es que ya no hay nada fantástico, sólo hay realidad.* En silenció razoné cuanto sigue, bien que abrazado a la voluminosa copia mecanografiada, como el náufrago a la tabla.

Cada avance científico hiere, de gravedad, la fantasía, aliada principal del hombre en el valle de lágrimas: el trasplante de órganos, la inseminación artificial, la clonación, la robótica, la alfabetización de los monos que emprende Jane Goodall, la mudanza de género sexual, la invasión terrícola de los grandes planetas, el cultivo de las células madres, la instalación de cerebro electrónico a un perro.

74

Mirando por la ventana concluí que aquel azul invernal merecía enmarcarse. A la sombra del azul recordé unas noticias zoológicas que, en su momento, se me hicieron excesivas y pasmosas. Sonreí, para mis afueras, cuando les antepuse adjetivos numerales. A diferencia de Buddy Clinton, a quien una avería en el cerebro electrónico lo forzaba a la enumeración, yo enumeraba por voluntad retozona.

1. A partir del tres de noviembre del mil novecientos cincuenta y siete, en calidad de viajera única de la nave Sputnik, la perra rusa Laika voltea el globo terráqueo dos mil trescientas veces, durante ciento sesenta y dos días.

2. El cinco de julio del mil novecientos noventa y seis nace en el Instituto Roslin, de Edimburgo, la oveja inglesa Dolly, el primer animal venido al mundo mediante la técnica de clonación.

3. El gorila Koko goza de respeto y nombradía porque maneja el lenguaje de las señas, más complejo que el lenguaje de las palabras, según los entendidos en la materia.

Si el viaje de Laika replantea las leyes de la cosmología, si el nacimiento de Dolly replantea las leyes de la genética, si la expresividad de Koko replantea las leyes de la comunicabilidad símica, ¿por qué no abordar, con sosiego productivo, el asunto espinoso de si los perros conseguirán hablar, razonar y discrepar?

Basta calar un perro, a fondo y sin pestañear, para admirarle la mirada: un relámpago de entendimiento aparca su desafío en las pupilas. Basta con darle conversación para notar que se esfuerza por seguirla, por intentar discernir los tonos de la voz, por escudriñar las significaciones del gesto, por elevarse sobre sus limitaciones a través del sesgo de la cabeza. Basta observarlo en la compañía humana para percibir que lo carcome la ansiedad de volcarse en el diálogo y proferir réplicas sagaces e intensas.

En cuanto los sabios de Harvard replasmen la rica materia bruta de manera democrática, en cuanto no haya que alcanzar la investidura de Primer Perro para conseguir un cerebro electrónico, aquellos diálogos a medias del *Central Park* se completarán. *Todavía no. Mejor ver la tele que echarnos una siestita. Rebuscaba el olor de una perra monísima en quien tuve acceso carnal sin que tú lo supieras. No pienso volver a las sesiones de acupuntura. Sí.*

Los sabios de Harvard y los del mundo entero. Que unos y otros son proclives a robar una chispa del fuego de los dioses, saquear el este del edén y reciclar cuantas manzanas pare el árbol del conocimiento.

75

Bien, si *Indiscreciones de un perro gringo* no era una novela arbitraria y sí una testificación auténtica, ¿cómo fue a dar su copia al tren número uno de Manhattan, oculta en una bolsa de la tienda Macy's? Ya se responsabilizó a Confucio por las diez bolsas repletas de galletitas de la fortuna, pero ¿quién a quien responsabilizar por la bolsa que contenía la voluminosa copia mecanografiada?

El último sábado del último abril del siglo veinte, soleado hasta enceguecer, intenté responder a las preguntas, dejándome serenar por la contemplación de Nueva Jersey en la lejanía y el río Hudson en la cercanía. Reguereteé sobre el escritorio medio centenar de hojas de papel amarillo y rayas verdes, alisté lápices y bolígrafos e hice un plan de conjeturas. Lo dividí en tres partes.

1. Conjeturar los posibles ires y venires que ocurrieron en el *salón augusto,* con posterioridad a la testificación histórica.

2. Conjeturar los posibles mecanismos tras el azar que puso en mis manos *Indiscreciones de un perro gringo.*

3. Conjeturar las posibles componendas que prosiguieron a la humanización de quien fue el testigo clave de las *relaciones peligrosas.*

Imaginé una covachuela en el edificio misterioso, de macicez imponente y trazo parisino, donde se encontraba el *salón augusto*. Imaginé que bajaba a la covachuela la mañana después de la testificación histórica. Imaginé que coincidía con nueve de los veintiún participantes en aquella.

¿Por qué solamente nueve?

76

Porque, de vuelta a sus respectivos hogares, el cansancio llevó a la dormición profunda a los Científicos, Poetas y Filósofos, el Fotógrafo y Técnicos del Sonido, de la Imagen y de la Edición y los Encargados de Mantenimiento y Apariencia.

Los dos postrimeros dormirían largo y tendido: trabajaron más que el husky siberiano, más que el San Bernardo, más que el pastor de Anatolia. Tomaría una hora descorbatar a un Buddy Clinton en quien agonizaban los signos de la humanidad y renacían los de la perrunidad, desactivar los cuatro llamadores instalados entre sus ocho tetillas y desconectar el enjambre de alambres. Otra hora tomaría devolver los servomecanismos y el escáner de los virus informáticos a los estuches respectivos. Y más de una hora meter a Buddy Clinton en la jaula que los Encargados de Mantenimiento y Apariencia dejaron a las puertas del salón augusto con tan hipócrita indiferencia. Pues, perdido para la razón y ganado para el instinto, el perro labrador se defendería, de nuevo, con los mordiscos y los colmillazos, nada correctivos y terapéuticos.

En oposición, el Mecanógrafo y el Taquígrafo madrugaron a culminar sus tareas. La comparanza de la transcripción mecánica y la transcripción estenográfica, la enmienda de los lapsus gramaticales y ortográficos, suponían un trabajo arduo.

También madrugaron, no a culminar tareas y sí privilegios, los siete Ciudadanos Afectos a la Moral Sin Tacha. Es dable pensar que, creyéndose las siete notas musicales y los siete días de la semana, se presentaran a reclamar copias de la testificación. De dientes hacia afuera diz que para estudiarla, línea por línea. De dientes hacia adentro para refocilarse en las indiscreciones menos castas.

Un chasco mayúsculo aguardaba a los nueve madrugadores. Una vez los Encargados de Mantenimiento y Apariencia enjaularon a Buddy Clinton y lo llevaron de regreso a la Casa Blanca, una vez la covachuela y el *salón augusto* se sumieron en la oscuridad, conjeturo que personal de altísimo nivel investigativo se incautó de las grabadoras y las grabaciones de la testificación, de las cámaras y las fotografías de la testificación, del video de la testificación. Hasta de los mordiscos y los colmillazos quiso incautarse el personal de altísimo nivel investigativo, en su afán de eliminar el menor vestigio de la humanización exitosa.

Pero entonces, ¿quién birló la copia que acabó dando en mis manos por obra y gracia del azar? Sospecho que el Mecanógrafo.

Razono la sospecha.

77

Aprovechando la confusión y algazara que hubo de acompañar el enjaulamiento, Distraído, nombre que endilgo al Mecanógrafo por ser el ocasionador de la permuta inintencionada de las bolsas, no vaciló en imprimir la testificación de Buddy Clinton: impresoras hay que imprimen veinte páginas por minuto.

Fácil se le hizo camuflarla entre los útiles asociados a su trabajo y llevársela a casa, donde gestó el título. La vulgaridad del lápiz labial rojo utilizado en su escritura, lapiz labial perteneciente a alguna amiga afecta a la putería exenta de complicaciones, serviría de carnada a los compradores potenciales de obras inéditas y explosivas.

Como Sem y Cam, Jafet y Nabucodonosor el Culitatuado en los tiempos bíblicos, Distraído hacía lo indecible por procurar el dinerito extra con que pagar las pamplinas estilándose en los *spas* de Washington y Nueva York en estos tiempos posmodernos: el colágeno y el *botox*, la depilación de la espalda con rayos láser, el engrosamiento del pene.

Para que nadie le echara un ojo, escondió la voluminosa copia mecanografiada de la testificación en una bolsa de papel de estraza, con el logo de la tienda Macy's, y decidió llevarla a todos lados. Escondió la abertura con lo primero que tuvo a mano: una servilleta de tela ocre subido y flecos violáceos. Hasta a la visita trimestral sabatina a una tía, con residencia en el Bronx, la llevaba. La misma tía que le regaló las Navidades anteriores un juego de servilletas comprado en la tienda Macy's.

Las visitas repetían el patrón de desplazamiento.

1. Distraído abordaba el tren número ciento sesenta y dos de la compañía Amtrak a las seis y veinte de la mañana en Washington.

2. Tres horas más tarde, luego de paradas sucesivas en Baltimore, en Wilmington, en Filadelfia, en Trenton, en Newark, el tren número ciento sesenta y dos de la compañía Amtrak arribaba a la estación de Pennsylvania de Nueva York, situada en la calle Treinta y Cuatro.

3. Allí transbordaba al tren número uno de Manhattan y seguía hasta la estación de la calle Noventa y Seis, donde hacía el tercer abordaje.

4. En el tren número cuatro del Bronx, proseguía hasta la avenida Prospect o la avenida Wakefield o la avenida Crotona donde, continuamos especulando, terminaba el viaje empezado cinco horas antes.

¿Las galletitas de la fortuna?

Se las tragó la megápolis. La misma megápolis que pareció tragarse a Distraído, uno de los dos arquitectos de la permuta inintencionada. Porque al Confucio estrangular un bostezo, parpadear y comenzar a ejecutar una sinfonía de ronquidos, digna de traslado al pentagrama, también Distraído descuidó lo que era su deber cuidar.

Me interesa conjeturar sobre el silencio oficial subsecuente a la deshumanización cruel del inmodesto Buddy Clinton: inmodesto, megalómano, desmedido. Encima, iluso.

¿O no es de perro iluso ignorar que sus breves, pero significativas desapariciones, tenían la anuencia del mayordomo en jefe, Daddie Dearest? ¿O no es de perro iluso creer que los sabios y la tropilla de subalternos se *mudaron* a la Casa Blanca sin las autorizaciones indispensables? ¿O no es de perro iluso fabricarse unas ambiciones a imagen y semejanza de las fatídicas humanas?: los usos exclusivos, las censuras, las relaciones públicas, el cúmulo de intereses, las inversiones a corto y largo plazo.

Conjeturo que el silencio oficial se pactó en deferencia a la fe belicosa de algunas religiones enemistadas con las *exageraciones* de la ciencia: no se mueve una hoja en la Nación Esencial del Universo sin que se les consulte, lo sabe hasta el gato más imbécil. Porque en las democracias también se compra y vende el voto, si bien con gracia y donaire.

Pero, más allá de la deferencia al colmenar de religiones, en imparable proliferación por los cincuenta estados de la Nación Esencial del Universo y sus territorios, conjeturo que el pacto respondió al más inconfeso de los horrores. Que procedo a examinar a la luz de una hipótesis. Unos dirán: *La hipótesis es un hueso duro de roer*. Otros protestarán: *A otro perro con ese hueso*. Yo, no obstante, me emperro en examinar el horror inconfeso.

Una vez se generalice la instalación de cerebros electrónicos a los perros y se replasme la rica materia bruta de cada uno de ellos, una vez cada perro tome conciencia de los cuarenta millones de años que llevan sus patas confundiéndose con las piernas de los amos en la guerra y la paz, será llegada la hora de replantear la amistad, no hay vuelta que darle.

El replanteamiento ocasionará unas preguntas incómodas. ¿Permanecerán los perros junto a los amos a los que la vejez precipita a la fragilidad y la inconsecuencia? ¿Seguirán los perros amando a los niños que les pesquisan los orificios nasales con las uñas sin recortar? ¿Comenzarán los perros a tildar de lacra social a los amos deambulantes que hieden a caca de gato? Aun sabiéndose burlados, ¿correrán los perros tras las liebres mecánicas por satisfacer a los amos? Aun sabiéndose afrentados, ¿tolerarán los perros que se los bautice con nombres irrisorios? ¿Discriminarán los perros a los amos por negros, asiáticos, hispanos, judíos, musulmanes? ¿Discriminarán los perros a los amos que, siendo chicas, se contentan con las chicas o que, siendo chicos, se contentan con los chicos?

Tengo el pálpito de que el horror inconfeso a replantear la amistad de cuarenta millones de años y de arriesgar la perpetuidad de un cariño incondicional llevó al personal de altísimo nivel investigativo a eliminar el menor vestigio de la humanización de Buddy Clinton. Ante todo, el horror inconfeso a que el replanteamiento de la amistad se desviara hacia asuntos, de súbito espinosos, como las herencias, las protecciones laborales, la edad de la jubilación: cada año perruno equivale a siete años humanos. Ante todo que los perros, aguijoneados por el cerebro electrónico, la conciencia de sí y la ambición desmedida, reclamaran co-gobernar el universo. Recordemos la aserción, con tono provocador, de Buddy Clinton: *Díganme si no debo ambicionar*.

Pero, en definitiva, ¿quién pactó el silencio ominoso, subsecuente a la humanización de Buddy Clinton? Amontono la evidencia.

1. Quien se incautó de las pruebas de la testificación, en el nombre de la seguridad nacional o la venerabilidad intrínseca de la silla presidencial.

2. Quien permitió las breves, pero significativas, desapariciones de Buddy Clinton y autorizó la *mudanza* a la Casa Blanca de los sabios y la tropilla de subalternos que humanizaron al Primer Perro, pelo a pelo.

3. Quien se hizo de la vista larga cuando Distraído, aprovechando la confusión y algazara que hubo de acompañar el enjaulamiento, imprimió la memoria verídica, la camufló entre los útiles asociados a su trabajo y se la llevó a casa, donde gestó el título novelesco.

4. Quien sabiendo que trajino y afano con la voluminosa copia mecanografiada, desde cuando la hallé en el tren número uno de Manhattan, se sigue haciendo de la vista larga.

¿Quién amasa tal poder?

Ni siquiera un perro enfermo de rabia, condenado a la muerte por escopetazo, caería en el cepo que arma esa pregunta insidiosa: los organismos de seguridad del mundo entero son proclives a encanallarse contra quien los acusa.

Aunque ningún organismo gubernamental cometería el ridículo de alegar que las palabras de un perro atentan contra la Nación Esencial del Universo o la venerabilidad intrínseca de la silla presidencial. Mejor, por tanto, oficializar el silencio e ignorar que se produjo la humanización de Buddy Clinton. Mejor atribuir a un desestabilizado mental la difusión de la broma descabellada. ¡Una broma como para morirse de la risa!

79

Ladrón que roba a ladrón tiene cien años de perdón: lo aprendí del traficante en baratijas y cachivaches por las aldeas junto al río Poningó, en la frontera de la República Dominicana y Haití. De ahí que, una vez hechas las conjeturas enumeradas, resolviera subvertir el silencio oficial, adueñarme de la testificación auténtica y publicarla como novela arbitraria. Por supuesto que con mi nombre como autor.

Pisaba terreno fértil. Nadie objetaría la publicación de una novela a caballo entre la fábula y la ciencia anticipatoria, con un perro hablanchín como personaje principal. Nadie impugnaría la aparición de una novela enajenada de los grandes problemas contemporáneos: el terrorismo, las inmigraciones ilegales, las sociedades totalitarias, los abismos económicos que distancian a ricos y pobres, el calentamiento del planeta.

A mediados de un mayo florido y hermoso, el primer mayo del siglo veintiuno, fotocopié la voluminosa copia mecanografiada, cosa de contar con una copia complementaria de la testificación auténtica. Por razones sentimentales, guardé la voluminosa copia mecanografiada, que hallé en el tren número uno de Manhattan, en la bolsa de papel de estraza con el logo de la tienda Macy's. La bolsa apenas si la protege, puesto que la estraza se ha deshilachado. Más resistencia exhibe la servilleta de tela ocre subido y flecos violáceos que recubre su abertura.

También, por razones sentimentales, guardé en la misma bolsa la autobiografía delirante y quimérica que escribió Marie Paulette Bonaparte, titulada *Carne de Hombre a la Pauline*. ¡No obstante la fama de codiciosos, a los ladrones nos conforma poco: dos obras robadas en circunstancias disímiles, ambas inéditas y explosivas, y un solo escondite!

Tuve clara, enseguida, la necesidad de podar. Una novela deberá tener una extensión razonable: basta con doscientas y pico de páginas, trescientas a lo sumo, impresas en letras facilitadoras de la lectura. Si la extensión razonable se desdeña el autor queda huérfano de lectores. En el siglo veintiuno la palabra se devalúa a pasos agigantados. Y cuando no se la devalúa se la desprecia. La imagen, en cambio, no es que se aprecie, es que se sobrevalúa.

Se me hizo cuesta arriba desgranar el racimo copioso y alucinador de opiniones furibundas, más los microrrelatos sobre las sexualidades caninas y humanas, más los percances con gángsters perfumados, más los tratos ilícitos de unos ángeles hampones, más los disensos entre un gato acomplejado y un perro ecuánime y bien nacido.

Borrar o achicar párrafos, mudar oraciones a donde mejor cupieran, prescindir de adjetivos, descartar balbuceos que tendrían un significado oscuro, no fueron labores apresuradas. En cambio, sí fue apresurado tijeretear las páginas que vituperaban a los gatos de manera sistemática. No obstante, cosa de demostrar la influencia funesta de la condición humana en la *perronalidad* de Buddy Clinton, retuve algunos sarcasmos brutales, comunicantes de una gatofobia inaguantable. ¡En su breve temporada humanoide el Primer Perro Buddy Clinton plagió nuestros peores vicios morales!: la intolerancia gustosa y el prejuicio racial, el delirio de grandeza y la certidumbre fanática en su supremacía.

¿Qué más?

A lo de más le sobra un canto: suprimí el risible despliegue de saberes clásicos que ensaya Buddy Clinton, desesperado porque la gloria y el Libro de Récords Guiness lo amamanten. Que todo envanecimiento desbocado se estrella contra la ridiculez, el canino incluso. ¿O no son risibles, en su boca, los enunciados que siguen?

1. En el sarcófago de Fedra e Hipólito, conservado en el museo del Louvre, allá en París, se puede avistar la figura de un perro echado a los pies de la trágica pareja.

2. En el cuadro *Las meninas*, conservado en el Museo del Prado, allá en Madrid, a la figura perruna se le otorga una dimensión desproporcionada en comparación a la que se le otorga a la Infanta María Teresa.

Igualmente suprimí, por parecerme alejado en demasía del amorío fugaz, el recuento extenso de la comilona que, en honor de las jaurías inclementes con los animales contrarios, ofreció un perro perrero de nombre Perrísimo: una fiesta con la asistencia de sobre novecientos perros es mucha fiesta. Y suprimí, por parecerme cercano en demasía al amorío fugaz, el recuento de unas presuntas conversaciones telefónicas, habidas entre el Presidente Clinton y la becaria: un erotismo a secas por el temor del Señor Presidente a que sus mismos organismos de seguridad grabaran las conversaciones, de cara al eventual chantaje.

Otra cosa. Partiendo del respeto debido al *algo indefinible* de quien sabemos, traté de desmarcarme de muchas opiniones suyas sobre la sexualidad humana y las corté sin pena alguna. Porque Buddy Clinton sabrá de brincar verjas y romper cadenas, de desafiar palos y piedras cuando una Topsy, una Tensi o una Tootsie requiere los socorros de un órgano de animal macho. Porque Buddy Clinton sabrá de montar a Melocotón, a Hiroshima Mon Amour, a las gemelas Tango y Vals, a la perra del embajador de Austria, a Enchilada. De montarlas sin ambages y a lo bruto.

Pero, de otras montas y otros montajes, como arrodillarse ante dos altares luminosos con formato de nalgas, como vulnerar un cuerpo con el concurso de un meñique aventurero, como anisar el sexo apetecido y ordenar a la lengua festejarlo, Buddy Clinton no sabe un carajo.

Descontado que la prosperidad de su órgano de animal macho la puso en duda un mayordomo subalterno: *A ese perro lo caparon al llegar a la Casa Blanca.* ¿Fingiría Buddy Clinton ser el protagonista de una explosiva actividad viril para ocultar la capadura? ¿O el mayordomo subalterno, a quien Buddy Clinton detestaba porque le anudaba el rabo, era un mentiroso redomado?

Sólo el cuadragésimo segundo presidente de la Nación Esencial del Universo, la exquisita Primera Dama Hillary o la adorable Primera Hija Chelsea, podrían zanjar la discordia. Como carezco del prestigio que facilita acercarse a tan ilustre gente, aparte de la confianza imperiosa que se requiere para conversar sobre tan susceptible asunto, por mi boca nunca se sabrá si lleva la razón el mayordomo subalterno o la lleva el Primer Perro.

Alcanzado el número razonable de páginas opté por organizarlo en tres partes de veinte fragmentos. Los títulos de las tres partes, extraídos del mismo testimonio, anticiparían las secuencias narrativas contenidas en cada una: *Elogio de la perrunidad, Gángsters perfumados, La herejía genital*. Entonces, caí en la cuenta de que resultaba imprescindible anexar un epílogo donde contar lo que vengo contando.

Compuse uno de veinte fragmentos, en acuerdo a la simetría impuesta a las tres partes. Lo colmé con las miserias y los esplendores que me dispensara el último sábado del último abril del siglo veinte. Un sábado hipnótico, de frío agobiador y lluvia sin escampo. Lo colmé, además, con los escalofríos morales que me causaron los descubrimientos efectuados, poco a poco, unos meses después. Anexado el epílogo, caí en la cuenta de que resultaba imprescindible anexar un prólogo donde dar cabida a unos avisos urgentes, que hicieran más eficaz la lectura. Acostumbrado como me había a enumerar, enumeré los avisos: siete si mal no recuerdo.

Dije avisos urgentes. Agrego avisos delirantes y quiméricos, mencionados en ánimo de ir preparando al lector, con el mayor refinamiento y la mayor consideración factibles.

¿Irlo preparando para qué?

Para encarar, sin tropiezos, la fantasía patrocinada por mi novela *Indiscreciones de un perro gringo*. Una novela que llega a su final en este momento preciso, habiendo dicho ya cuanto podía decir. Si bien para decirlo tuvo que rebajarse a maquillar una verdad exasperante con el color analgésico de una mentira calculada.

Con permiso.